CONTENTS

1.
아레아 영지를 찾다

브레인이 아레아 영지에 있는 몬스터들을 모두 다른 곳으로 이동을 시키자, 아레아 영지에는 몬스터가 보이지 않게 되었다. 그렇게 이제는 확실히 영지를 찾았다는 인식을 모두에게 심어 주었다.

　아레아에 모인 기사들과 병사들, 그리고 용병들도 그런 상황에 이제는 익숙해져서인지 몬스터에 대한 두려움은 사라지고 있었다.

　아레아 영지에 있는 모든 사람들은 브레인이 고대 유물을 이용하여 몬스터를 퇴치하고 있다고 믿고 있었다. 그리고 몬스터가 영지에 오지는 않는다는 소식에 모두들 환영을 하고 있었다.

브레인이 영웅이라 그런지 저런 신기한 아티팩트도 얻을 수가 있는 것이라는 인식이 모두에게 전염이 되고 있었다.

"대공 전하께서는 하시는 모든 일이 잘 풀리는 것 같아."

"당연히 그래야지. 지난 전쟁에서도 얼마나 많은 공을 세우셨는데, 그런 복은 얻어야지."

"나도 같은 생각이네. 대공 전하께서는 신기한 아티팩트 정도는 충분히 얻을 수 있는 자격이 있으신 분이라고 보네."

병사들은 만나기만 하면 신기한 아티팩트에 대한 이야기를 하고 다녔다.

이제 아레아에 남아 있는 병사들 중에 아티팩트에 대해 모르는 사람이 없었다.

처음 왕국을 출발하기 전까지는 모두들 긴장을 하며 왔지만 오는 동안 자신감을 찾을 수가 있었고, 이제는 자신감이 너무 넘쳐흐르고 있다고 보아야 했다.

이는 병사들만 그런 것이 아니라 기사들도 마찬가지였다.

기사들도 신기한 아티팩트에 대한 말을 듣고는 모두들 마음속으로 함성을 지르고 있었으니 말이다.

몬스터의 천국이라 불리는 이곳에 와서 동료들을 잃지 않게 되었다는 것에 기사들도 안심을 하고 있었다.

아무리 병사들이 힘들게 훈련을 하여 이제는 예비 기사에 준하는 실력을 가졌다고는 하지만, 이곳은 몬스터의 대지이기에 병사들의 힘만으로는 견디지 못하는 곳이라고 생각하고 있었기 때문이다.

그러니 병사들도 죽지 않기 위해서 수련에 최대한 많은 시간을 쏟아부었지만, 이제는 그런 긴장을 하지 않아도 되니 조금은 마음이 놓였던 것이다.

아레아 영지에 있는 병사들이 이제는 안심을 하는 모습이라 브레인도 안심이 되었지만, 그래도 걱정이 되는 것은 변함이 없었다.

국왕의 일이 아직은 해결이 되지 않았기 때문이었다.

'국왕에게 사람을 보내기는 해야 하는데 말이야.'

국왕에게 보낼 사람은 정해져 있었지만 아직 미적거리는 것은, 조금 찜찜한 기분이 남아 있어서였다.

국왕과 귀족들이 무엇을 노리는지를 알고 있기에 마음이 불편하였던 것이다.

브레인이 한참을 생각하고 있을 때 문을 두드리는 소리가 들렸다.

똑똑똑.

"누구인가?"

"대공 전하, 엔더슨입니다."

"들어오게."

문을 열고 안으로 들어온 사람은 엔더슨 혼자만이 아니었다. 아이론 남작도 함께였다.

"아이론 남작은 무슨 일이오?"

"대공 전하, 이제 국왕 폐하께 사신을 보내야 하지 않는지요."

아이론 남작은 이미 국왕에게 갈 사신으로 자신이 가야한다는 사실을 알고 있었다.

다만 아직 브레인이 미루고 있는 이유가 무엇인지를 알지 못해 기다리고 있었는데, 이제는 대강 이유를 알고 있어 이렇게 찾아오게 된 것이다.

"보내기는 해야겠지……."

"이번 왕국의 수도에는 저와 엔더슨 후작 각하를 보내주십시오."

"엔더슨을?"

"예, 국왕 폐하에게 가는 사람으로는 엔더슨 후작 각하가 가장 적당하다는 생각이 들어서입니다."

"갑자기 엔더슨과 동행을 하려는 이유가 무엇이오?"

브레인은 자신의 측근들을 이번 수도행에 아무도 보내지 않으려고 하고 있었다.

혹여나 자신으로 인해 피해를 입을 것을 염려해서였다.

국왕과 잘못되어 전쟁을 하게 될 수도 있기에 자신의 친구들은 자신의 옆에 있어야 한다는 생각을 하고 있었기 때문이었다.

"대공 전하, 비록 국왕 폐하께서 욕심이 있다고는 하지만, 자신의 입으로 하신 약속을 어기지는 않을 것이라고 생각이 듭니다. 그러니 가장 압박을 할 수 있는 분이 누구인지를 생각해 보십시오."

브레인은 아이론 남작의 말을 듣고는, 엔더슨이 지금 왕국에서 가지고 있는 지위를 느낄 수가 있었다.

헤이론 왕국은 대대로 마법사가 부족한 나라였기에 고위 마법사를 가지기를 항상 원하고 있었다.

그러나 주변국의 방해로 인해 아직도 고위 마법사가 없는 실정이었는데, 이런 때에 나타난 엔더슨은 모든 마법사에게는 구원의 줄이 되고 있었다.

그러니 국왕이라고 해도 엔더슨을 함부로 대할 수 없을 것이라는 생각이 들자 브레인은 아이론 남작의 말을 이해할 수가 있었다.

"흠, 아이론 남작은 엔더슨을 이용하여 국왕과 단판을 짓자는 말이오?"

"단판이라고 생각하실 것도 없습니다. 이미 아레아에 대한 것은 많은 사람들이 있는 자리에서 한 약속이기 때문에 이제 와서 아니라고 할 수는 없는 일이니 말입니다."

브레인도 아이론 남작의 말을 이해는 하였지만 국왕이 이번에 무슨 음모를 꾸미고 있을지는 아무도 모르는 일이었다.

"남작의 말은 충분히 이해를 하고 있소. 하지만 그대도 알고 있겠지만, 국왕과 귀족들은 아레아 영지를 순순히 나에게 주려고 하지 않을 것이오."

"저도 알고 있습니다. 그래도 아레아 영지에 대한 보고는 해야 하지 않는지요."

아레아 영지에 대한 일을 이대로 두고 있을 수는 없는 일이라는 것을 모르는 브레인은 아니었다.

다만 아직은 생각이 정리가 되지 않아 시간을 가지려고 하고 있는 중이었다.

엔더슨은 아이론 남작과 브레인이 하는 이야기를 듣고 있다가 문득 좋은 생각이 났는지 입을 열었다.

"대공 전하, 아레아 영지의 문제에 대해서 저도 한마디 해야겠습니다."

"응? 무슨 좋은 생각이 있는가?"

"좋은 생각인지는 모르겠지만, 국왕께 사신을 보내야 하는 것은 사실이지 않습니까. 그러니 아레아 영지에 대한 이야기 중에 아티팩트에 대한 이야기를 조금 부풀려 말하는 것이 좋을 것 같습니다. 대륙의 모든 사람들이 알 수가 있게 말입니다."

브레인은 아티팩트에 대한 이야기를 하니 속으로 조금 미안한 기분이 들었지만 내색을 하지 않았다.

"아티팩트에 대한 이야기를 크게 만들자는 말인가?"

"예, 고대의 유물이라는 것은 모두가 신기하게만 생각 하고 있는 물건이니, 이참에 확실하게 아티팩트에 대한 주인이 누구인지를 대륙에 소문을 내는 것입니다. 그러면 아티팩트로 인해 얻은 아레아 영지를 국왕과 귀족들이라 고 해도 욕심을 내지는 못할 것입니다."

"하지만 그렇게 되면 다른 왕국이나 제국에서 가만히 있겠습니까?"

몬스터를 퇴치하는 아티팩트에 대한 욕심을 다른 나라가 갖지 않는다는 것은 말이 되지 않는 이야기였다.

그러니 소문으로 인해 더욱 곤란할 수도 있는 일이었다.

엔더슨은 담담하게 입가에 미소를 지으며 다시 말을 하기 시작했다.

"물론 아티팩트로 인해 조금은 곤란하게 될 수도 있지만, 대륙의 모든 나라가 원하는 그런 물건을 누구에게 줄 수가 있겠습니까? 아마도 욕심을 내서 도둑을 보낼 수도 있겠지만, 여기에 있는 사람들이 그렇게 호락호락하게 물건을 훔쳐 가게 만드는 사람들이겠습니까."

브레인과 아이론 남작은 엔더슨의 말을 듣고야 무슨 뜻인지를 확실하게 알 수가 있었다.

고대의 유물에 대한 소문을 크게 내서 누구도 유물을 욕심내지 못하게 하자는 말이었다.

카이라 제국이 강대한 제국이기는 하지만 브레인이 가지고 있는 유물을 가지려고 하면, 다른 왕국이나 제국이 가만히 있지 않을 것이기 때문이다.

그러니 왕국의 국왕도 욕심이 나겠지만 그런 역학적인 관계를 생각하면 절대 다른 음모를 꾸미지는 못하게 되기 때문이었다.

"흠, 소문을 크게 내서 국왕이 아티팩트를 건드리지 못하게 하자는 이야기인가?"

"그렇습니다. 국왕이라고 해도 이런 대단한 물건에 대해서는 방법이 없을 것입니다. 대공 전하."

"지금으로서는 가장 좋은 방법 같습니다."

아이론 남작도 엔더슨의 의견에 찬성을 하고 있었다.

실지로 헤이론 왕국의 국왕이 브레인이 가지고 있는 아티팩트를 욕심내게 되면 다른 나라의 눈치를 보지 않을 수는 없었다.

아티팩트를 가지려고 하면 가장 먼저 브레인과 전쟁을 해야 하는 문제가 걸려 있고 말이다.

"그러면 그렇게 소문을 내도록 하지."

"알겠습니다. 제가 대륙에 은밀히 소문을 내도록 하겠습니다."

"방법은 말을 하지 않아도 되겠지?"

"걱정하지 않으셔도 됩니다. 도둑 길드를 통해 은밀히 소문을 내게 되면 됩니다."

도둑 길드를 통해 은밀히 소문을 내게 되면 이는 가장 확실한 방법이었기 때문이었다.

아이론 남작은 브레인이 도둑 길드까지 장악하고 있는 지는 몰라서인지 어리둥절한 얼굴을 하였다.

엔더슨은 그런 아이론 남작을 보고는 조금 설명을 해 주고 있었다.

아이론 남작은 브레인이 도둑 길드와 어떻게 얽히게 되었는지를 알게 되자 오히려 잘되었다는 표정이 되었다.

"우리의 신분을 숨기고 소문을 내게 되었으니 오히려 좋은 방법이 될 것 같습니다."

소문이 나게 되면 가장 먼저 그 출처를 찾을 것인데, 도둑 길드라면 정보에 대해서는 정확하다고 알려져 있는 곳이니 문제가 없었다.

그리고 도둑 길드를 통해 브레인이 얼마나 강자인지를 알려 도둑 길드에서도 탐을 내지 못하게 하는 일이니, 이는 일거양득의 기회라는 생각이 들었다.

"그러면 최대한 빨리 일을 처리하고 왕국에 사신을 보내야 하니, 엔더슨 후작과 아이론 남작이 함께 일을 처리하도록 하게."

"알겠습니다, 대공 전하."

"걱정하지 마십시오, 대공 전하."

두 사람은 브레인의 말에 힘차게 대답을 하였다.

대륙에는 아주 은밀히 새로운 유물에 대한 소문이 돌기 시작했다.

유물의 주인은 지금 몬스터 대지에 있는 브레인이라고 알려져 있었다.

헤이론 왕국의 수도에 있는 국왕의 집무실에서는 지금 새로운 소문에 대한 진의를 알기 위해 많은 토론이 벌어지고 있었다.

"국왕 폐하, 만약에 소문이 사실이면 이는 문제가 크게 생기는 일입니다."

"소문에 대한 출처에 대해서는 알아보았는가?"

"예, 이번 소문은 도둑 길드에서 나온 것이라고 합니다. 이번 출전에 도둑 길드의 길드원이 은밀히 병사로 위장을 하여 나간 것으로 파악이 되었습니다."

"흠, 그러면 소문이 사실이라는 말인가?"

"아직 확실한 것은 모르지만, 아마도 소문이 사실일 것 같습니다."

국왕과 귀족들은 소문이 만약에 사실이라면 이는 커다란 문제가 생기는 일이라 생각했다.

국왕이 아레아 영지를 브레인에게 양도를 한다는 약속

을 이미 문서로 해 주었기 때문에 아레아 영지가 몬스터로부터 해방이 되어도 국왕과 귀족들은 아무도 이에 대해 말을 할 수가 없었기 때문이었다.

아레아 영지의 크기가 얼마나 큰지를 생각하면 이는 있을 수가 없는 일이었다.

"지금 귀족들에게 긴급하게 연락을 하여 당장 궁으로 오라고 전하게."

"예, 국왕 폐하."

시종의 대답에 국왕은 아레아 영지에 대한 고민을 하였다.

아레아 영지는 자신이 독단적으로 처리를 하기에는 문제가 많은 곳이었기 때문이었다.

왕국의 미래가 달려 있는 문제이기도 했기에 국왕도 지금 당장에 어찌할 수가 있는 문제는 아니었다.

그리고 가장 걱정스러운 것이 바로 브레인에 대한 문제였다.

이미 자신과 귀족들이 약속을 하였던 영지이기에 지금 아레아 영지를 건드리기에는 문제가 많았기 때문이었다.

국왕의 긴급 연락을 받은 귀족들이 속속들이 왕궁으로 모여들고 있었다.

대부분은 이미 어느 정도 정보를 알고 오는 것이라 그런지 그리 좋은 얼굴은 아니었다.

귀족들이 오는 중에도 웅성거림은 멈추지 않고 있었다.

모든 귀족들이 모이자 국왕이 가장 먼저 입을 열었다.

"오늘 이 자리에 모이라고 한 이유는 바로 아레아 영지에 대한 문제 때문이오."

아레아 영지에 대한 소문을 들은 귀족들은 고개를 끄덕이고 있었지만, 아직도 정보가 부족한 귀족은 의아한 얼굴을 하며 국왕의 얼굴을 바라보았다.

"국왕 폐하, 아레아 영지에 대한 문제는 무엇인지요?"

"지금 질문을 한 게링 백작은 아직 정보를 듣지 못한 것 같으니, 일단 대략적인 이야기를 먼저 해 주어야겠소."

국왕은 그리 말을 하면서 옆에 있는 귀족에게 눈치를 주고 있었다.

일종의 대변인과 같은 위치에 있는 귀족이었다.

"정보부에 있는 하레인 남작입니다. 아레아 영지에 대한 정확한 정보를 얻지는 못했지만 대략적인 정보는 모아졌으니, 일단 그 부분부터 말을 하겠습니다. 지금 아레아 영지에 가 있는 브레인 대공 전하께서는 몬스터를 물리치는 아티팩트가 있다고 소문이 나 있습니다. 고대 유물로 알려져 있는 아티팩트는 몬스터들이 주변에 오지 못하게 한다고 알려져 있습니다. 그래서 우리 왕국의 영지인 아레아를 몬스터들과 전투를 하지 않고도 얻을 수가 있었다고 합니다."

하레인 남작의 말에 귀족들이 술렁거리기 시작했다.

아레아 영지를 얻으면 모두 브레인에게 준다고 이미 약속했기에 저런 반응이 나오고 있었다.

"그렇게 대단한 아티팩트가 있다는 사실을 우리는 몰랐다는 말이오?"

귀족들은 아레아 영지를 브레인에게 준다고 약속을 하였기 때문에 가지는 의문이었다.

"그런 신기한 아티팩트를 가지고 있다는 사실을 알았다면 아레아 영지로 보내지도 않았을 것입니다."

"그러면 브레인 대공이 그런 아티팩트를 가지고 있다는 사실을 은폐하고 있었다는 말이오?"

귀족들은 집요하게 질문을 하고 있었다.

아레아 영지가 그만큼 왕국에 미치는 영향이 크기 때문이었다.

"국왕 폐하께서도 그런 사실을 이번에 아시게 되었습니다. 그리고 그런 귀한 물건을 가지고 있다는 사실을 누구에게 쉽게 말할 수 있는 것은 아니지요."

그 말에 귀족들도 공감을 하는지 고개를 끄덕였다.

자신들이 그런 아티팩트를 가지고 있다고 하여도 절대 비밀로 할 것이라는 생각이 들어서였다.

사실 브레인이 가지고 있다는 아티팩트는 대륙의 모든 나라가 가지고 싶어 할 정도로 대단한 물건이기 때문이다.

"아레아 영지의 문제보다는 브레인 대공 전하께서 가지고 계시는 아티팩트가 더 문제라는 생각이 드는군요."

귀족들의 모든 눈길이 이번 질문을 한 사람에게 모아졌다.

국왕도 눈빛을 빛내고 있는 것이, 자신이 가지고 있는 생각과 같은 생각을 하고 있다는 사람이 있다는 것이 신기한 듯한 눈빛이었다.

"스타인 백작은 무슨 생각으로 그런 말을 하는 것이오?"

"폐하, 몬스터 천국이라 불리는 곳을 정리할 수 있는 귀물을 과연 다른 나라에서 가만히 보고 있겠습니까. 제가 보기에는 아티팩트로 인해 우리 왕국에 전쟁이 발생할 수도 있다는 생각이 듭니다."

스타인 백작의 말에 귀족들은 놀라고 있었다.

브레인이 가지고 있는 힘을 이들이라고 모르고 있지는 않기에 가지는 생각이었다.

하지만 대륙의 모든 나라가 원하는 물건이라는 생각이 들자 그럴 수도 있다는 생각이 들어서였다.

"폐하, 브레인 대공이 가지고 있는 아티팩트는 대륙의 모든 나라가 원하는 물건이니, 왕국의 입장도 생각하여야 한다고 생각합니다."

국왕파의 귀족들의 눈에는 아티팩트에 대한 욕심이 가득하였다.

아티팩트만 가지고 있으면 자신들도 영지를 얻을 수 있다는 생각을 하고 있는 것 같아 보였다.

"브레인 대공이 개인적으로 가지고 있는 물건을 왕국에서 달라고 할 수는 없는 일이 아니겠소."

"물론 개인적인 물건이지만 왕국의 입장을 생각해서는 그냥 둘 수는 없는 일입니다."

"그렇습니다, 폐하."

일부 귀족들은 브레인의 아티팩트에 욕심이 나서 하는 말이었지만, 오늘 이 자리에 모여 있는 귀족들이 모두가 국왕파의 귀족은 아니었기에 국왕의 말에 반대를 하는 귀족도 있었다.

"폐하, 아무리 국가를 위한다고는 하지만, 아레아 영지를 얻기 위해서는 반드시 필요한 물건이고, 그 주인은 브레인 대공이니, 일단 당사자를 불러 말하는 것이 좋을 것 같습니다."

"맞습니다. 브레인 대공의 보물을 우리가 주인인 것처럼 할 수는 없는 일입니다."

반대를 하는 귀족들도 국왕이 노리고 있는 것이 아티팩트라는 것을 눈치챌 수 있었기에 반대를 하고 있었다.

귀족들의 의견이 나누어지니, 국왕도 어느 한쪽의 편을 들 수가 없었는지 상당히 곤란한 얼굴이 되었다.

"허, 험, 그만둘 두시오. 브레인 대공이 가지고 있는 아티팩트가 왕국에 위험이 된다면 이는 당연히 왕국의 입장에서 따로 분류를 하는 것이 좋을 것이오."

국왕도 사실 아티팩트가 탐이 나기는 했지만 귀족들이 있는 곳에서 대놓고 그런 행동을 할 수는 없었기에 은근히 이렇게 나는 아티팩트를 원한다는 뜻을 보여 주고 있었다.

그런 국왕의 말뜻을 모르는 귀족은 없었다.

"국왕 폐하, 아티팩트에 대해서 아직 정확한 것을 모르고 있으니, 일단 사신이 도착을 하면 다시 이야기를 하는 것이 좋을 것 같습니다."

귀족파에 속한 에네르기 백작의 말이었다.

에네르기 백작이 보기에 국왕이 아티팩트에 욕심을 내기는 하지만 브레인의 힘을 두려워하고 있다는 사실을 알고 있었기에 이런 말을 할 수가 있었다.

국왕파의 귀족들도 보물에 대한 욕심이 있는지 이번 의견에 대해서는 반대를 하지 않고 동조를 하였다.

"그렇습니다. 당사자가 없는 상황에서 말을 할 수는 없으니 일단 당사자를 불러 이야기를 해야 할 것입니다, 폐하."

국왕은 귀족들의 말이 당연하였지만 그래도 자신을 따르는 귀족들이 그렇게 말을 하니 기분이 상했는지 퉁명스럽게 대답을 하였다.

"모두가 그렇게 말을 하니 내가 어쩌겠소."

국왕의 말에 국왕파 귀족들은 자신들이 실수를 하였다는 것을 알았지만 이미 벌어진 일이라 어쩔 수 없었다.

왕국의 회의실은 순식간에 냉랭한 분위기가 되어 버렸다.

이들은 지금 이 순간에도 자신들의 이익을 계산하고 있다는 것을 모두가 알고 있었다.

이익을 따르는 것은 상인들만 있는 것이 아니었다.

귀족들은 상인들보다 더 많은 이익을 추구하는 무리들이었으니 말이다.

브레인이 있는 아레아 영지에서는 사신들이 출발을 하기 위해 인사를 하고 있었다.

"대공 전하, 다녀오겠습니다."

"그렇게 하시오. 수도에 가서 이야기를 잘 풀어 가도록 하시오."

브레인은 이미 수도에서 자신이 가지고 있는 아티팩트를 원하고 있을 것이라는 생각하에 많은 이야기를 하였고, 그에 대한 해결책을 준비하고 가는 것이라 그리 걱정을 하지 않고 있었다.

"예, 걱정하지 마십시오, 대공 전하."

수도로 국왕에게 보고를 하기 위해 가는 사람들 중에 작위를 가지고 있는 사람은 아이론 남작과 엔더슨뿐이었다.

나머지 인원은 준귀족으로 있는 기사들과 평민들이었다.

국왕에게 보고를 하는 인원들도 그리 많지 않게 꾸며서

시간을 단축하려고 하였다.

엔더슨은 브레인과 지난 저녁에 많은 이야기를 하였고, 브레인이 무슨 생각을 하고 있는지에 대해서 이제는 확실히 알게 된 엔더슨은 브레인을 지지하고 있었다.

브레인은 엔더슨에게 이미 헤이론 왕국에 대한 미련을 버렸다고 말을 하였고, 엔더슨도 욕심만 가지고 있는 국왕에게 발전이 없을 것이라고 판단을 하고 있었기에 아레아 영지를 기반으로 새로운 공국이나 왕국을 건국하려고 하는 생각을 가지게 되었다.

그리고 지난 저녁에 브레인이 자신과 친구들의 가족들을 데리고 오기 위해 이미 사람을 보내 조치를 취했다는 말을 듣고는 속으로 감격을 하고 있었다.

이는 친구들도 모두 내심 걸리는 일이었는데, 브레인이 그런 자신들의 입장을 충분히 고려해 주고 있다는 사실만으로도 기분이 좋아졌던 것이다.

"후작 각하, 무슨 고민이 있으십니까?"

아이론 남작은 엔더슨의 얼굴을 보고 바로 물었다.

"아, 아니오. 잠시 다른 생각을 하고 있다 보니 그런 것이니 신경 쓰지 않아도 되오."

"예, 알겠습니다. 그런데 이번 수도에 가서 일이 잘되었으면 좋겠습니다."

"잘될 것이니 너무 걱정하지 마시오."

엔더슨은 수도에 있는 브레인의 어머니만 무사히 빼 오면 된다고 생각하고 있었다.

이미 많은 병력을 가지고 있었기에 국왕과 전쟁을 한다고 해도 그리 걱정을 하지 않고 있어서였다.

실지로 국왕과 전쟁이 벌어지면 헤이론 왕국은 이번에 확실히 다른 왕국으로 태어나게 될 것이 눈에 보여서였다.

수도로 가는 인원들은 부지런히 이동을 하고 있었다.

왕국의 수도가 보이는 곳을 향해 열심히 달리고 있는 마차가 있었다.

마차의 위에는 브레인 대공을 상징하는 깃발이 걸려 있어 수도의 성문을 지키는 병사들은 금방 눈으로 확인을 할 수가 있었다.

"저기 보이는 마차에 걸려 있는 깃발이 대공 전하의 깃발이지 않나?"

"응? 어디?"

한 병사가 마차에는 신경을 쓰지 않고 있다가 동료 병사가 한 말에 전방을 바라보았다.

마차에 있는 깃발은 확실히 브레인 대공가의 깃발이었다.

"어서 기사님에게 대공 전하의 마차가 오고 있다고 알려 드리게."

병사들은 이미 브레인 대공가의 사람들이 오게 되면 최대한 빨리 연락을 하라는 지시를 받았다.

병사들이 빠르게 연락을 하여 정문에는 기사들이 나와 마차를 보고 있었다.

마차는 속도를 줄이지 않고 빠르게 정문을 향해 달려오고 있었다.

두두두.

마차의 주변에는 기사들이 말을 타고 호위를 하고 있었고, 이들은 빠르면서도 당당하게 정문을 향해 오고 있었다.

마차가 도착을 하자, 기사들이 가장 먼저 정중하게 말을 하였다.

"브레인 대공 전하를 뵙습니다."

"브레인 대공 전하께 인사드립니다."

브레인은 모든 기사들에게 칭송을 받는 사람이었기에 기사들의 눈에는 존경의 눈빛이 흐르고 있었다.

한 기사는 마차를 보고 인사를 하는 기사들을 보고는 빠르게 대답을 하였다.

"미안하지만, 마차에는 대공 전하께서는 계시지 않고 엔더슨 후작 각하께서 계시오."

엔더슨은 기사의 말에 마차의 창문을 열며 얼굴을 보여 주었다.

"대공 전하가 아니라 미안하게 되었네."

엔더슨의 말에 기사들은 당황하는 얼굴이 되어 버렸다.

그래도 한 기사는 금방 얼굴색을 회복하였는지 바로 말을 하고 있었다.

"아닙니다. 저희가 대공 전하의 마차만 보고 인사를 하였으니 정중하게 사죄를 드립니다. 엔더슨 후작 각하."

엔더슨은 헤이론 왕국의 유일한 고서클 마법사였기에 기사들도 경시하는 그런 존재였다.

왕국의 희망이라고 할 수 있는 그런 존재 중에 한 명이 바로 엔더슨이기 때문이었다.

엔더슨은 기사들의 인사에 간단히 답해 주었다.

"수고들 하게. 그만 가지."

"예, 후작 각하."

기사들은 대답과 동시에 빠르게 호위를 하며 안으로 들어갔다.

엔더슨이 안으로 들어가자, 남아 있는 기사들은 그런

기사들을 부러운 눈빛으로 보고 있었다.

"나도 대공가의 기사가 되었으면 지금쯤 많은 발전이 있었을 것인데 말이야."

"하하하, 모든 기사들의 꿈이 바로 브레인 대공 전하의 기사단에 속하는 것이니 당연한 말이 아닌가."

헤이론 왕국의 기사들에게는 브레인의 기사단에 들어가는 것이 꿈이었다.

브레인은 경비대의 기사들을 자신의 기사로 만들었고, 가문의 검술이라고 하면서 새로운 검술과 마나 호흡법을 알려 주었다. 덕분에 기사들의 실력은 일취월장했고, 왕국의 모든 기사들은 그런 사실을 잘 알고 있었다.

기사들은 새로운 마나 호흡법이 얼마나 대단한 것인지를 눈으로 확인을 하였기 때문에 배우고 싶었지만 아무나 배울 수가 있는 것은 아니었기에 부러운 눈빛으로 보고만 있었다.

브레인이 기사를 모집할 때 정한 순서가 바로 자질이었고, 그다음이 노력하려는 품성이었기 때문이다.

많은 기사들이 브레인의 기사단에 속하고 싶어 했지만, 인성이 부족한 기사들은 받아들이려고 하지 않아 어쩔 수 없이 탈락을 한 기사들이 많았기에 이들이 이렇게 부러워

하고 있는 것이었다.

엔더슨과 일행은 바로 왕궁의 정문에 도착을 하였고, 이는 바로 국왕과 귀족들에게 알려졌다.

"폐하, 지금 왕궁의 정문에 브레인 대공 전하의 가신인 엔더슨 후작이 도착을 하였다고 하옵니다."

국왕과 귀족들은 엔더슨이 왔다는 말에 긴장감을 느끼게 되었다.

엔더슨은 브레인의 수하이기도 하지만 헤이론 왕국의 대마법사이기에 절대 무시를 할 수 있는 인물이 아니었기 때문이다.

"폐하, 엔더슨 후작이 왔다고 하니 브레인 대공이 가지고 있다는 아티팩트에 대한 이야기에 대해 확실히 알 수가 있을 것입니다."

"나도 그렇게 생각하고 있소. 그러니 일단 당사자에게 이야기를 들어 보고 말을 하도록 합시다."

"예, 폐하."

국왕파와 귀족파가 함께 있는 자리이다 보니 국왕도 귀족파의 귀족들이 있는 자리에서 욕심을 낼 수는 없었다.

엔더슨과 일행은 국왕과 귀족들이 모여 있는 궁에 도착을 하였다.

"폐하, 엔더슨 후작 각하와 그 일행이 도착하였습니다."

시종장의 외침에 국왕과 귀족들의 시선이 입구로 모여졌다.

입구에서 엔더슨과 아이론 남작, 그리고 일행들이 들어서고 있었다.

엔더슨은 국왕의 앞에 가서 정중하게 인사를 하였다.

"국왕 폐하, 인사드립니다."

"국왕 폐하를 뵈옵니다."

엔더슨의 외침에 아이론 남작과 일행들이 정중하게 인사를 하였다.

"어서 오시오. 오시느라 수고가 많았소, 엔더슨 후작."

국왕은 엔더슨이 왔기에 아이론 남작은 눈에 들어오지도 않는지 아이론 남작은 아예 무시를 하고 있었다.

아이론 남작도 그런 국왕의 태도에 아무런 반응을 보이지 않는 것을 보니, 아마도 이런 결과를 예상하고 있었던 것 같아 보였다.

엔더슨이 인사를 하고 나자, 국왕파의 귀족인 바이칼 후작이 가장 먼저 급한 성격을 보여 주었다.

"엔더슨 후작께서 오셨으니 소문에 대한 이야기를 직접

들었으면 하오."

엔더슨은 바이칼 후작의 말에 천천히 고개를 들어 그를
바라보았다.

바이칼 후작이 아무리 왕국의 현자라고 하지만 왕국의
마법사들을 책임지고 있는 엔더슨에 비해서는 조금 밑이
라고 할 수 있는 위치였다.

"바이칼 후작께서는 쉴 시간도 주지 않으시는군요."

엔더슨의 말에 바이칼 후작의 얼굴이 조금은 붉어졌다.

자신이 실수를 하였다는 것을 알았기 때문이었다.

"험, 험, 미안하오. 내가 궁금증은 참지를 못해 그런
것이니 이해를 해 주시오."

바이칼 후작도 조금은 어색한지 헛기침을 하며 변명을
하였다.

'멍청한 놈, 저런 놈이 왕국의 현자라고 하니 발전이
없는 것이지.'

'에잉, 왕국의 귀족들 망신은 저놈이 다 시키는구나.'

귀족파의 귀족들은 바이칼 후작을 보며 고소하면서도
못마땅한 눈치를 하였다.

엔더슨은 그런 귀족파의 반응을 재미있다고 생각하며
천천히 입을 열었다.

"폐하, 아레아 영지에 있다고 소문이 난 아티팩트는 브레인 대공 전하의 가문에 내려오는 보물입니다. 그전에는 가문에 일이 있어 보관만 하고 있다가 이번에 보물의 성능을 확인하였는데, 아티팩트가 몬스터의 침입을 막는 것이 사실이라는 것을 확인하게 되었습니다."

국왕은 탐욕스러운 눈빛을 하며 엔더슨 후작의 말을 듣고 있었다.

이는 국왕만 그런 것이 아니었다. 귀족들도 눈가에 탐욕이 어리고 있었다.

"그…… 그러면 그 아티팩트가 진짜로 몬스터를 물리친다는 말이오?"

"예, 그렇습니다. 아티팩트를 가지고 있으면 그 주인이 있는 주변에는 몬스터들이 나타나지 않았습니다. 하지만 아티팩트의 주인도 그곳을 떠나지 못한다는 문제점이 있습니다."

엔더슨의 말에 국왕과 귀족들은 의문스러운 눈빛을 하며 질문을 하였다.

"아니, 그게 무슨 소리요?"

엔더슨은 이미 브레인과 이야기가 되어 있는 것을 그대로 이야기하기 시작했다.

아티팩트는 주인을 인식하는데, 문제는 그 주인이 죽어야 다른 주인을 인식한다는 것이고, 아티팩트의 주인이 다른 곳으로 떠나게 되면 이는 몬스터가 다시 몰린다는 말이었다.

엔더슨과 아이론 남작은 한참을 상황에 대해 설명을 하였고, 시간이 지나자 국왕과 귀족들은 엔더슨의 말을 이해하기 시작했다.

"그러면 아티팩트의 주인이 정해지면 그 주인은 다른 곳에는 가지 못한다는 말이 아니오?"

"그렇습니다. 오늘 이 자리에 브레인 대공 전하께서 오시지 못한 이유가 바로 아티팩트의 주인이기 때문이옵니다."

국왕과 귀족들은 아티팩트에 대한 이야기를 듣고는 어이가 없는 표정들이 되고 말았다.

아티팩트는 대단한 물건이기는 하지만 그 주인은 어쩔 수 없이 영지에 매여 살아야 한다는 말이었기 때문이다.

주인이 영지를 떠나게 되면 다시 몬스터의 천국이 된다고 하니, 이는 좋으면서도 골치가 아픈 물건이었기 때문이었다.

국왕은 다시 궁금한 것이 있는지 엔더슨에게 질문을 하

였다.

"엔더슨 후작이 보기에 아티팩트의 영향력이 얼마나 된다고 생각하시오?"

국왕은 아티팩트의 성능에 대해 묻고 있었다.

만약에 아레아 영지에 대한 모든 지역에 통한다고 하면 이는 조금 생각해 보아야 한다는 느낌이 들어서였다.

엔더슨은 브레인과 이미 이야기를 한 것이 있기에 바로 대답을 해 주었다.

"아티팩트가 힘을 발휘할 수 있는 지역은 아레아 영지의 절반에 해당하는 지역이었습니다. 이는 저희들이 실지로 확인을 해 보았기 때문에 아는 사실입니다."

"헉! 절반이나 가능하다는 말이오?"

"그렇습니다. 완전한 보호는 아니라고 해도 절반에 해당하는 지역에는 몬스터들이 확실히 꺼려 하고 있었습니다. 하지만 그 지역을 벗어나면 엄청난 몬스터들이 몰려 있어 조사를 하던 기사단도 많은 피해를 입었습니다."

엔더슨은 조사단의 일을 조금 크게 해서 말을 하고 있었다.

국왕과 귀족들은 브레인이 데리고 있는 기사단이 얼마나 강한지를 알고 있기에 엔더슨의 말에 놀라고 있었다.

"아니, 대공의 무적 기사단은 왕국과 대륙에서도 가장 강하다는 평을 듣고 있는데 당했다는 말이오?"

"폐하, 아무리 강한 기사단이라고 해도 수십만의 몬스터를 상대할 수는 없는 일이지 않겠습니까. 제가 보기에는 수십만이 아니라 수천만의 몬스터들이 있는 곳이라고 보였습니다."

엔더슨의 말에 귀족들은 오금이 저리는 기분이 들었다.

말이 수천만이지, 그 정도의 몬스터를 보는 것만으로도 두려움이 생길 것 같아서였다.

국왕도 그 정도로 몬스터들이 많이 있다는 생각은 하지 못했는지 얼굴에 놀라움이 가득하였다.

"허허허, 그 정도로 많은 몬스터들이 있다니 정말 놀랍기 그지 않소."

국왕의 말에 귀족들도 고개를 끄덕였다.

"폐하, 브레인 대공 전하가 가지고 있는 아티팩트가 대단한 성능을 보여 주어 아레아 영지를 절반이나 얻을 수가 있었습니다. 이는 왕국의 행운이라고 생각합니다."

귀족파의 수장으로 있는 테이론 후작의 말이었다.

테이론 후작도 사실 아티팩트에 대한 욕심을 가지고 있었지만 방금 전에 몬스터의 대한 이야기를 듣고는 이내 마음을 정리하고 말았다.

자신이 아무리 욕심이 많다고는 하지만 그런 몬스터들이 우글거리는 곳을 영지로 가지고 싶지는 않아서였다.

'음, 아티팩트가 탐이 나기는 하지만 주인이 움직이지 못하는 것이라면 그리 문제가 되지는 않겠구나.'

국왕과 국왕파 귀족들이 견제를 하는 것은 브레인이 정치를 하는 것이었는데, 지금 이야기를 들어 보니 브레인은 움직이지도 못하는 물건이라는 생각이 들자 오히려 자신들에게는 도움을 주는 것이라는 생각이 들었다.

"폐하, 몬스터 천국에서 여기까지 오는 길이니 아마도 무척 피곤할 것입니다. 그러니 오늘은 이만 하시고 그만 쉬도록 해 주시기를 바라옵니다."

국왕파의 귀족들은 아무래도 조금 시간이 필요한 것 같아 하는 말이었다.

국왕은 바로 눈치를 챘다.

"그렇군. 엔더슨 후작과 일행이 피곤하다는 생각은 하지 못한 것 같소."

"그렇습니다. 수도에 도착을 하여 바로 이곳으로 왔으니 오늘은 무척 피곤하실 것입니다. 그러니 피로를 풀고 다시 이야기를 하는 것이 좋을 것 같습니다. 폐하."

"엔더슨 후작은 그만 돌아가서 피로를 풀도록 하시오."

엔더슨은 이들이 하는 짓이 정말 마음에 들지 않았지만 지금은 참기로 하였다.

"감사합니다. 안 그래도 피곤한 몸을 쉬지 못하고 있었는데 이렇게 시간을 주시어서 감사합니다. 폐하."

엔더슨은 국왕에게 인사를 하고는 바로 브레인의 저택으로 돌아갔다.

아이론 남작은 엔더슨과 다르게 왕궁에 남아 있었지만 말이다.

2.
아티팩트의 힘

엔더슨이 가고, 남아 있던 아이론 남작은 국왕파의 귀족 중에 한 명인 크라이 백작을 은밀히 만나고 있었다.

이는 아이론 남작이 처음부터 지시를 받아 움직였기 때문이었다.

"아이론 남작이 보기에는 어떻소?"

"무엇을 말입니까?"

아이론은 상대가 말하는 뜻을 모르겠다는 얼굴을 하였다.

"엔더슨 후작이 하는 이야기를 모두 들었으니 그 말이 사실이냐는 뜻이오."

"브레인 대공 전하께서 가지고 계시는 아티팩트의 성능은 저만 확인한 것이 아니라 모두가 확인을 한 사실입니다. 그리고 주인을 인식하는 것도 확인이 되었습니다. 주인이 움직이면 그에 따라 몬스터들이 이동을 하는 것도 모두 사실입니다. 제가 보기에는, 아티팩트는 주인을 평생 그곳을 떠나지 못하게 하는 물건이니 보물이라기보다는 오히려 좋지 않는 그런 물건이라는 생각입니다."

아이론은 아티팩트 때문에 영지를 얻는 것은 사실이지만 오히려 더 좋지 않는 결과를 얻었다는 것을 말하고 있었다.

물론 이는 브레인이 다른 생각을 하고 있다는 것을 수도에 알리지 않기 위한 조치였다.

아이론 남작의 말대로 크라이 백작도 아티팩트가 대단하기는 하지만 죽어야 주인이 바뀐다는 말을 들으니 이는 오히려 국왕이 원하는 결과였기 때문에 안심이 되는 일이라고 생각이 들었다.

브레인이 이미 주인으로 인식이 되었고, 마스터의 생명력을 생각하면 이는 엄청난 시간을 영지에서 떠나지 못하는 결과였으니, 왕국의 정계에는 영향력을 미치지 못하기 때문이다.

정치라는 것이 가까이 있어야 귀족도 포섭하고 힘도 가지는 것이지, 멀리 떨어져서는 아무런 힘도 발휘할 수 없기 때문이었다.

헤이론 왕국의 국왕과 귀족들은 전쟁을 통해 브레인이 가지고 있는 힘이 얼마나 강한지를 직접 확인을 하였기 때문에 되도록 멀리 떨어져 있었으면 하는 생각을 가지고 있었다.

그런데 뜻하지 않게 자신들이 원하는 방향으로 일이 진행이 되고 있었으니 이는 절호의 찬스라는 생각을 하게 되었다.

"엔더슨 후작의 말이 모두 사실이라고 하면 브레인 대공은 영지를 벗어날 수가 없다는 말이군."

"그렇습니다. 브레인 대공이 영지를 버린다면 모를까 영지에 남아 있는 병사들이나 기사들을 두고 수도로 올 수는 없는 일이지요. 제 생각에는 수도에 계시는 모친도 영지로 보내는 것이 좋은 방법이라고 생각합니다. 모친이 수도에 있으면, 기사단을 더욱 강하게 하여 몬스터의 침입을 방어하게 한 후 수도로 올 수도 있으니 말입니다."

수도에 있는 모친을 은밀히 데려오라는 브레인의 말을

들은 아이론 남작은 자신에게 좋은 방법이 있다며 말하였
고, 브레인도 아이론 남작의 말을 듣고는 충분히 가능성
이 있다고 판단을 하였는지 수락을 해 주었다.

크라이 백작은 아이론 남작의 말을 들어 보니 충분히
가능성이 있는 일이라고 생각이 들었다.

"자네의 말대로 하자면, 브레인 대공의 모친을 영지로
보내는 것이 대공을 움직이지 못하게 하는 방법 중에 하
나라는 말인가?"

"그렇습니다. 국왕 폐하와 귀족들이 꺼리는 것이 브레
인 대공이 수도에서 정치에 참여하는 것이지 않습니까.
그러니 아티팩트를 가지고 있는 대공이 아예 영지에서 움
직이지 못하게 하는 방법은, 바로 그와 관계가 된 사람들
을 모두 아레아 영지로 보내는 것입니다. 물론 영지를 개
발하기 위해 필요한 것을 일부 지원해 주어야겠지만 말입
니다."

아이론 남작은 영지를 개발하기 위해 필요한 것들을 이
참에 지원받아야겠다는 생각에 하는 말이었다.

크라이 백작은 아이론 남작의 말을 듣고는 한참을 고민
하는 모습을 보여 주었다.

국왕파의 참모라고 불리는 크라이 백작이기에 그 힘을

무시할 수 없는 위치에 있었다.

'국왕과 귀족들이 브레인 대공이 수도에 있는 것을 꺼리는 이유가 바로 그의 힘이 강하기 때문이니, 이참에 확실히 아레아 영지에 묶어 두는 것도 나쁘지 않는 방법인 것 같군.'

크라이 백작은 아이론 남작의 말이 나쁘지 않는 방법이라고 생각하고는 입가에 미소를 지었다.

"수고하였네. 자네의 생각을 국왕 폐하께 이야기를 해보겠네. 그리고 자네의 문제도 그리 걱정하지 않게 해 주겠네. 하지만 브레인 대공의 곁을 떠나는 것은 아직 조금 곤란하니 더 남아 있었으면 하네."

아이론 남작은 어차피 자신의 마음이 떠난 이곳에 있을 이유가 없었다.

"알겠습니다. 하지만 저도 이번 가는 길에 가족들은 데리고 가도록 해 주십시오. 저도 가족이 그립습니다. 가족들이 아니었으면 아마도 처음부터 가지 않았을 것입니다."

아이론 남작은 확실하게 정리하기 위해 가족들을 데리고 가려고 하였다.

크라이 백작이 생각하기에도 가족들을 두고 가라는 것

은 조금 문제가 있어 보였고, 아이론 남작을 믿어서인지 쉽게 허락을 해 주었다.

"알겠네. 자네 가족들도 이번에 데리고 가도록 해 주겠네."

크라이 백작의 허락을 받자 아이론 남작은 속으로 욕을 하였다.

'빌어먹을 놈들, 이제는 필요가 없다는 뜻이군. 나중에 두고 보자. 뿌드득.'

아이론 남작은 중앙 귀족들에게 이렇게 이용만 당하고 있는 자신을 생각하고는 속으로 이를 갈았다.

브레인과 함께 생활을 해 보니 지금 자신의 앞에 있는 귀족과는 비교가 되지 않다는 것을 느껴서였다.

브레인은 수하들을 마치 가족처럼 대하고 있었고 그 말에 진심이 담겨져 있었지만, 중앙 귀족들은 겉과 속이 달라 달콤한 말 속에는 항상 죽음의 독이 남아 있었다.

귀족들의 말을 그대로 믿으면 결국 자신의 패망만이 남게 된다는 사실을 아이론 남작이 이번에 확실히 깨달았다.

"감사합니다, 백작님."

아이론 남작은 크라이 백작과 헤어져 자신의 가족들이

있는 곳으로 갔다.

크라이 백작은 아이론 남작과 헤어지고 바로 국왕파의 귀족들이 있는 회의실로 갔다.

엄청난 크기를 자랑하는 회의실에는 국왕파의 실세들이 모두 모여 있었다.

"크라이 백작, 가신 일은 어찌 되었소?"

"바이칼 후작 각하, 엔더슨 후작의 말이 사실인 것 같습니다. 아이론 남작이 직접 눈으로 확인을 하였다고 합니다."

크라이 백작만 그 사실을 확인한 것이 아니었고, 이번에 엔더슨을 따라온 젊은 귀족들에게도 확인을 한 사실이었다.

"아티팩트의 주인으로 인식을 하게 되면 죽기 전에는 주인이 바뀌지 않는다고 합니다. 아레아 영지를 브레인 대공에게 준다고 이미 약속을 하였으니, 이번에 확실하게 왕실에서 약속을 지키는 모습을 보여 주는 것이 좋을 것 같습니다. 그리고 아레아 영지로 떠난 사람들의 가족들도 이번에 모두 보내 버리는 것이 오히려 우리에게 더 좋을 것 같습니다. 많은 인구가 몰려 있으면 브레인 대공이 더 움직이지 못하기 때문입니다."

크라이 백작은 아이론 남작의 말을 참고로 귀족들에게 자신의 의견을 제시하였다.

크라이 백작의 말에 다른 귀족들도 약간의 고민을 하기 시작했다.

이미 국왕이 브레인에게 아레아 영지를 주겠다고 공표를 하였기 때문에 지금에 와서 영지를 주지 못하겠다고 할 수도 없는 일이었다.

이들이 걱정하는 것은 바로 브레인이 정치에 참여를 하는 것이었는데, 아레아 영지의 몬스터를 힘들이지 않고 정리를 한 것은 문제지만, 그 주인인 브레인이 떠나지 못하는 것이라면 충분한 값어치를 하는 것이라는 생각을 하게 되었다.

대외적으로도 대공에게 커다란 영지를 주는 것이라는 명분을 가지게 되니 이는 일석이조의 효과를 보는 것이라 할 수 있었다.

바이칼 후작은 귀족들을 보면서 말을 하였다.

"나는 이번 아레아 영지를 브레인 대공의 영지로 인정을 하는 문서를 엔더슨 후작이 돌아가는 길에 주었으면 하오. 그래야 브레인 대공이 움직이지 못하게 되니 말이오."

"저도 찬성입니다. 대공의 가족으로 남아 있는 어머니도 이번에 함께 보냈으면 합니다. 그리고 일부 기사들의 가족들도 보내는 것이 어떠십니까? 어차피 영지를 개발하기 위해 많은 평민들을 보내야 하는데, 병사들과 기사들의 가족을 보내면 그만큼 적은 인원을 보내도 되니 말입니다."

아레아 영지에 보낸 병사들은 이미 국왕의 병력이 아니기 때문에 하는 말이었다.

영지를 개발하기 위해서는 많은 인구가 필요하였고, 브레인이 아레아 영지를 정복하면 필요한 인구를 지원해 주겠다고 하였기에 아티팩트로 인해 영지를 얻은 지금, 국왕이 약속한 대로 지원해 주어야 하는 것만 남았다.

"아티팩트에 그런 단점이 있다면 차라리 대공을 영지에 묶어 두는 것이 좋은 방법이지. 그런데 다른 나라에서도 우리처럼 생각을 하겠소?"

"다른 나라에서 아티팩트를 원하면 아레아 영지로 가서 직접 해결을 하라고 하는 것이 좋겠습니다. 저 같으면, 아티팩트 때문에 영지에서 움직이지도 못한다면 차라리 없는 것이 좋을 것이라고 생각하니 말입니다."

한 귀족의 말에 다른 귀족들도 같은 생각이 들었는지

고개를 끄덕이고 있었다.

귀족들의 반응을 보고 있던 바이칼 후작은 자신과 같은 생각을 하고 있다고 판단을 하였는지 마침내 결론을 내렸다.

"그럼, 모두가 브레인 대공의 영지를 인정하고 지원하는 것을 생각하는 것으로 보고, 국왕 폐하께 그렇게 보고를 해도 되겠소?"

"저는 찬성입니다."

"저도 마찬가지입니다."

귀족들은 아레아 영지에 대한 것은 모두 잊기로 했는지 지원에 찬성을 하였다.

아레아 영지는 사실 왕국의 영지라고 기록이 되어 있기는 하지만 실지로 포기를 한 곳이었다.

그런데 브레인이 신기한 아티팩트로 영지를 회복하기는 했다고는 하지만 아직 모든 문제가 해결이 된 것도 아니었다.

국내의 문제는 처리가 되었지만 아직도 다른 나라에서는 어찌 처리를 하려고 하는지는 모르니 이들도 아레아 영지를 아예 왕국과는 연결을 시키지 않으려고 하였다.

'아레아 영지는 이제 아예 브레인 대공의 공국으로 인

정을 해 주어 다른 나라의 신경을 그쪽으로 가게 하는 것이 좋을 것 같구나.'

바이칼 후작은 브레인을 헤이론 왕국과는 아예 연결이 되지 않게 하려는 음모를 꾸미고 있었다.

왕국으로 독립을 시키는 것은 조금 무리가 있지만, 대공이라는 작위를 가지고 있는 브레인이었기에 차라리 이참에 공국으로 독립을 시키는 것도 나쁘지 않다고 생각하고 있었다.

그렇게 되면 아티팩트에 대한 문제는 공국의 공왕인 브레인이 모두 책임을 져야 하기 때문이었다.

바이칼 후작과 일부 귀족은 바로 국왕이 있는 곳으로 떠났다.

브레인의 저택에 있는 엔더슨은 왕국의 움직임을 파악하고 있었다.

"지금 국왕파의 귀족들 중에 고위 귀족들이 왕궁으로 들어갔다고 합니다."

"흠, 아마도 우리 아레아 영지에 대한 이야기를 하고 있겠지."

"예, 아레아 영지를 인정하고 지원을 해 주는 것으로

결론이 났다고 합니다."

엔더슨은 귀족들이 가지고 있는 생각을 정리하면서 브레인의 뜻대로 일이 진행되고 있다고 생각하였다.

브레인은 처음부터 아티팩트의 단점을 이야기하면서 이런 일이 생길 것을 알고 지시를 하였던 것 같았다.

"이제 국왕의 결정만 남은 것인가?"

"국왕도 아레아 영지에 대한 약속을 어기지는 못할 것입니다. 이는 왕국의 명예와도 관계가 있으니 말입니다."

"하기는 그렇겠지. 일단 저쪽에서 어떤 결정을 할지를 두고 보자고. 그리고 정보를 모으는 것에 게을리하지 말고 알겠나?"

"알겠습니다, 후작 각하."

엔더슨은 정보를 모으는 것에 상당히 신경을 쓰고 있었다.

정보가 힘이라는 브레인의 말을 그대로 믿고 있어서였다.

헤이론 왕국의 왕궁에서는 국왕과 귀족파의 귀족들이 모여 회의를 하고 있었다.

"폐하, 브레인 대공에게 아레아 영지를 준다고 약속을 하였으니, 그대로 아레아 영지를 주면서 아레아 영지를 공국으로 만드는 것입니다. 브레인 대공이 가지고 있는 아티팩트가 탐이 나는 물건이기는 하지만, 그 주인이 움직이지 못하는 것이라면 그 가치는 그리 높지 않기 때문입니다. 그리고 아티팩트로 인해 다른 왕국과 전쟁을 할 수도 있으니, 차라리 이번에 확실히 공국으로 분리를 하여 다른 나라와의 분쟁을 브레인 대공이 처리를 하게 하는 것이 우리 왕국에는 이득이 되기 때문입니다."

"영지를 공국으로 만들어 주는 것이야 그리 어려운 문제가 아니지만, 공국으로 인정을 해 주고 그에 따른 지원을 어찌할 생각이오?"

국왕은 이미 아티팩트에 대한 욕심은 버렸는지, 브레인에게 약속한 아레아 영지에 대한 미련은 없는 것 같아 보였다.

지금은 영지를 인정해 주고 그에 따른 지원을 해 주겠다고 하였던 것이 오히려 더 골치가 아픈 국왕이었다.

"폐하, 공국으로 인정을 하면서 약속한 인구의 지원을 지금 아레아 영지에 가 있는 병사들과 기사들의 가족을 보내는 것으로 하는 게 좋을 것 같습니다. 거기다가 왕국에 떠도는 유랑민들을 모두 아레아로 보내는 것이 가장 좋을 듯싶습니다."

귀족들은 조금이라도 자신들에게 피해가 가지 않았으면 하는 마음이었기에 원조에 대한 방법을 여러 가지로 생각하였다.

국왕도 브레인에게 지원을 해 주는 것은 이상하게 아깝다는 생각이 드는지, 이상하게 브레인에게는 지원을 해 주고 싶은 마음이 없어 보였다.

왕국의 영웅인 브레인인데도 말이다.

그래서 사람의 마음은 화장실을 들어갈 때와 나올 때가 다르다고 하는 것인가 보다.

"그러면 왕국에서는 유랑민과 병사들의 가족만 지원하면 되는 것이오?"

국왕은 유랑민만 지원을 하는 것이라면 얼마든지 해 줄수가 있다는 생각에서 하는 말이었다.

유랑민들은 일반 평민들이 아니기에 왕국의 입장에서도 처리가 곤란한 상황이었다.

그런 유랑민을 이번에 모두 처리를 할 수 있다면 이는 일거양득의 기회라는 생각이 드는 국왕이었다.

"그렇습니다. 처음부터 약속을 한 것이 바로 인구에 대한 것이었는데, 이는 다른 영지의 사정을 생각하면 조금은 무리라고 생각이 드니, 왕국의 유랑민들을 모두 아레아로 보내는 것이 가장 합리적인 생각이라고 보입니다."

바이칼 후작은 이미 귀족들과 합의를 보았는지 국왕에게 자신의 생각을 모두 말하고 있었다.

헤이론 왕국의 유랑민들만 모아도 그 수는 엄청난 인원이 되기 때문에 아레아 영지로 보내도 인구에 대한 문제는 없을 것이라는 생각에서 나온 계책이었다.

"그러면 인구는 그렇다고 치고, 물자는 어찌할 생각이오?"

"물자에 대한 것은 어쩔 수 없으니, 각 영지에서 일부 지원을 받을 수밖에 없습니다. 국왕 폐하."

"영지에서 지원을 받아 보내 주자는 말이오?"

"그렇습니다. 이는 모든 귀족들이 참여를 하면 될 것이라 생각합니다."

"그렇게 하도록 합시다. 시종장은 지금 당장 모든 귀족들에게 연락을 하여 대귀족 회의를 한다고 통보를 하도록 하라."

"예, 폐하."

국왕의 명령이 떨어지자 시종장은 빠르게 마법 통신을 할 수 있는 곳으로 갔다.

헤이론 왕국이 이렇게 정신없이 바쁘게 움직이고 있을 때, 스카이너 왕국에서도 지금 소문을 파악하기 위해 정보를 모으고 있었다.

"공작 전하, 아레아 영지의 주인인 브레인 대공이 신기한 아티팩트를 가지고 있다는 보고입니다."

"신기한 아티팩트라는 것이 무언인가?"

베르나인 공작은 신기한 아티팩트라는 말에 호기심을 보였다.

"아티팩트는 고대의 유물로서 한 가지 기능을 가지고 있는데, 그 기능이 바로 몬스터들이 침입을 하지 못하게 하는 것이라고 합니다."

베르나인 공작은 보고를 듣다가 깜짝 놀라고 말았다.

"아니, 그럼, 그 아티팩트를 가지고 있으면 저절로 영지를 얻을 수가 있다는 말인가?"

"그렇다고 합니다, 공작 전하."

베르나인 공작은 처음 듣는 물건에 대해 신기하다는 생각도 들었지만, 그 물건만 있으면 자신들의 왕국도 예전의 영토를 회복할 수 있다는 생각이 들자 눈빛이 달라졌다.

"헤이론 왕국의 브레인 대공은 전투도 하지 않고 공짜

로 영지를 회복하였다는 말인가?"

"그렇다고 합니다. 그 아티팩트로 인해 전투를 하지 않고 아레아 영지의 절반에 해당하는 영지를 얻었다는 보고입니다."

베르나인 공작은 아레아 영지의 크기를 생각하고는 브레인이 지금 얻은 영지가 얼마나 되는지를 생각하였다.

아레아 영지의 크기는 헤이론 왕국의 절반에 해당하는 엄청난 크기의 영지이다.

그런데 그에 절반에 해당하는 영지를 전투도 치르지 않고 얻을 수가 있는 아티팩트가 있다는 것은 베르나인 공작의 눈빛을 달라지게 하고 있었다.

스카이너 왕국은 아직까지 왕국의 영토를 찾기 위해 노력을 하고 있지만, 몬스터 천국에 있는 몬스터의 수가 너무 많고 강하기 때문에 해마다 몬스터의 공격을 수비하고 있는 방어벽을 유지하는 것도 벅찬 상태였다.

그런 곳을 공격하여 영토를 회복한다는 생각은 감히 상상도 하지 못하고 있는 실정이었다.

스카이너 왕국의 힘이 예전에는 강대하였을지는 몰라도 지금은 대륙에서도 약한 왕국에 불과하였다.

베르나인 공작은 깊은 상념에 잠겨 들었다.

"우리 왕국에 그런 아티팩트가 있다면 과연 우리가 지킬 수 있을까?"

베르나인 공작의 가신으로 있는 안토니 자작은 그런 공작의 마음을 이해했는지 바로 대답을 하였다.

"공작 전하, 아티팩트에 대한 소문은 이미 대륙에 널리 알려져 있는 상태입니다. 그리고 저희 왕국의 힘으로는 절대 아티팩트를 지킬 수가 없습니다."

안토니 자작은 실질적인 현 상황을 보고 대답을 하였지만 대답을 하면서도 안타까운 마음을 금치 못했다.

세상에 도움을 주는 물건이 있어도 가질 힘이 없다는 것이 얼마나 서러운 것인지를 느끼고 있었다.

"휴우, 왕국의 모든 힘을 모아도 부족한데 아직도 자기의 이득을 위해 저러고 있으니 걱정이네."

베르나인 공작의 왕국 사랑은 모두가 아는 일이었기에 새삼스러운 일도 아니었다.

"공작 전하, 지금은 아티팩트에 대한 생각을 하실 때가 아니라 왕세자 전하에게 힘을 실어 주는 것이 더 중요합니다."

"알고 있네. 하지만 안타까운 것을 어떻게 하겠는가."

베르나인 공작은 아티팩트만 있어도 왕국의 영토를 얻을 수 있는데 그러지 못하는 현실이 안타까웠다.

스카이너 왕국의 베르나인 공작은 그렇게 생각을 하면서 한편으로 브레인에 대한 인상이 더 강렬하게 남게 되었다.

브레인과의 인연은 아직 아무도 모르게 이렇게 강렬한 인상만 남겨 두고 있었다.

카이라 제국의 미첼 공작가에서도 지금 대륙에 나타난 신기한 물건에 대한 이야기가 오가고 있었다.

브레인은 대륙에 소문을 모두 낸 것이 아니라 차별적으로 소문을 내고 있었다.

헤이론 왕국의 문제가 가장 시급하였기에 일단 왕국에 먼저 소문을 내었고, 왕국의 문제를 먼저 해결하기로 하였기 때문이었다.

"테니 백작은 브레인이라는 자가 가지고 있다는 아티팩트에 대해 어찌 생각하는가?"

"아티팩트가 대단하기는 하지만 단점이 있어 그리 중요한 물건이 아니라고 생각이 듭니다."

"그래도 몬스터의 침입을 받지 않게 만드는 것이라면 도움이 되지 않을까?"

"물론 효용 면으로서는 충분히 좋은 물건이기는 합니다. 그러나 그 이상은 아니라고 생각합니다. 영지를 얻기는 하지만 그리 넓은 영지도 아니고, 문제는 아티팩트의 주인으로 인식되면 그 주인은 영지를 떠날 수 없기에 능력 있는 인재를 영주로 만들 수 없다는 큰 단점이 있습니다."

테니 백작의 말을 들은 미첼 공작은 이해가 간다는 표정을 지었다.

자신이 듣기로도 아티팩트라는 것이 신기한 기능은 가지고 있지만 그 기능에 비해 얻을 수 있는 것이 그리 많지 않았기 때문이다.

소규모의 왕국이라면 충분히 타산성이 있는 물건이겠지만 제국의 입장에서는 그리 탐낼 만한 물건이 아니었기 때문이다.

"제국의 입장에서는 그리 탐낼 만한 것은 아니지만 그래도 그런 좋은 물건이 헤이론 왕국에, 그것도 우리와 좋은 관계를 가지고 있지 않는 자가 가지고 있다는 것이 마음에 들지 않는군."

미첼 공작은 아직도 헤이론 왕국과의 전쟁에 대해 좋지 않는 생각을 가지고 있었다.

비록 바이탈 왕국이 패배를 하여 더 이상 관여를 할 수는 없었지만 그래도 자신이 잃은 기사단을 생각하면 속에서 열불이 나는 것은 사실이었기 때문이었다.

"아티팩트로 인해 당분간 대륙이 조금 소란스럽기는 하겠지만 시간이 지나면 금방 수그러들 것입니다. 그러니 그 문제는 신경을 쓰시지 않아도 됩니다."

테니 백작의 말에 레이몬드는 얼굴이 굳어졌다.

자신이 이 정보를 가지고 온 이유는 미첼 공작이 움직이기를 원해서였는데, 자신의 의도와는 다르게 진행이 되고 있어서였다.

레이몬드는 이대로 두고 볼 수가 없었는지 자신의 의견을 말하였다.

"저는 그렇게 생각지 않습니다, 공작 전하."

레이몬드의 말에 미첼 공작은 의문스러운 눈빛을 하였다.

"무슨 뜻인가?"

"예, 이번 아티팩트로 브레인 대공이 얻는 것은 영지에 국한된 것이 아니기 때문입니다. 영지를 얻으면 세력을 키울 수가 있고, 그렇게 되면 그자가 데리고 있는 무적 기사단의 힘 더 커지게 될 것이기 때문입니다. 제가 듣기로는, 헤이론 왕국에서는 브레인 대공의 아레아 영지를 공국으로 독립을 시켜 주려고 한다고 합니다. 공국이라면 왕국의 방해를 받지 않고 오로지 자신만의 힘을 키울 수가 있지 않겠습니까. 그러면 미첼 공작가의 폭풍 기사단에 대한 보복은 더욱 힘들어지기 때문입니다."

레이몬드는 폭풍 기사단을 들먹이며 브레인이 하는 일을 방해하려고 하였다.

자신의 원한을 갚을 수 있는 방법이 없으니 브레인의 일을 방해라도 하기 위해 이런 말을 하고 있었다.

미첼 공작은 레이몬드가 폭풍의 기사단을 들먹이는 바람에 그동안 잊으려고 하였던 원한들이 새록새록 생겨나고 있었다.

미첼 공작의 반응이 이상하다는 감지한 테니 백작은 다급히 입을 열었다.

"공작 전하, 폭풍 기사단에 대한 원한이 있기는 하지만 지금 저희가 개입을 하기에는 문제가 있습니다."

"문제라? 무슨 문제가 있는가?"

미첼 공작도 원한에 미쳐 상황을 파악하지 못할 정도로 머리가 나쁜 사람은 아니었기에 테니 백작의 말에 다시 묻고 있었다.

"저희가 바이탈 왕국의 전쟁에 개입을 하여 기사단을 잃은 것은 이미 대륙의 모든 이가 아는 사실입니다. 그런데 아티팩트 때문에 다시 브레인 대공과 다툼을 하게 되면 아마도 많은 이가 미첼 공작가가 소심하다고 생각하게 될 것이기 때문입니다."

테니 백작의 말도 일리가 있는 말이었다.

이미 끝난 전쟁에 미련을 두고 브레인의 일에 개입을 하게 되면, 이는 제국의 공작이라는 이름에 먹칠을 할 수도 있는 일이었다.

"공작 전하, 세상의 모든 이가 미첼 공작가를 소심하다고 해도, 가문의 기사단에 대한 원한을 풀어 주게 되면 인식이 달라질 것입니다. 기사단의 원한을 풀어 주게 되면, 제국의 모든 기사들이 미첼 공작가를 인정하게 될 것입니다."

레이몬드는 테니 백작의 의견에 바로 반박을 하였다.

미첼 공작은 폭풍 기사단의 원한을 잊은 것은 아니었지만 이미 시간이 많이 지났기에 어느 정도는 마음이 정리가 되고 있었지만 아직도 브레인에 대한 치욕을 잊지 않고 있었다.

"테니 백작은 잠시 기다리고, 레이몬드, 자네는 무슨

좋은 계책이 있는가?"

"예, 브레인 대공이 아티팩트로 인해 공국을 얻게 되었지만 아직은 공국의 정비하지 못하였을 것입니다. 비록 아레아 영지를 토벌하기 위해 많은 병사들과 기사들이 있다고 하지만, 아레아 영지의 절반에 해당하는 크기를 단시간에 정비를 하지는 못하기 때문입니다. 그러니 아티팩트에 대한 소문과 아레아 영지의 치안이 아직 정리되지 않았을 때 혼란을 조성하게 되면, 아마도 많은 시간을 정리에 쏟아부어야 할 것입니다. 이때 공작께서 주변에 있는 왕국을 살짝 선동하시기만 하면 아레아 영지에 전쟁이 발생하게 되니, 이는 절대 손해가 없는 일입니다."

미첼 공작은 레이몬드의 말을 듣고는 눈빛을 빛냈다.

"호오, 그러면 아티팩트에 대한 욕심을 더욱 부추겨서 전쟁을 하게 만들자는 말인가?"

미첼 공작은 레이몬드가 하는 말을 바로 알아듣고 있었다.

제국의 정계를 이끌고 있는 사람이라 그런지 한마디를 하면 무슨 뜻인지를 대번에 알아듣고 있었다.

"그렇습니다. 제국의 입장에서 아레아 영지는 사실 있

어도 그만, 없어도 그만인 곳입니다. 그러니 아레아 영지의 인근에 있는 왕국을 살짝 선동하여 아레아 영지, 아니 이제는 공국이라 해야겠습니다. 아레아 공국과의 전쟁을 유도하는 것입니다. 지난 전쟁에 아레아 공국의 브레인 공왕이 얼마나 대단한 전공을 세웠는지를 알고 있는 왕국에서는 감히 전쟁을 시작하지 않을 것이지만, 여러 왕국이 연합을 하게 된다면 충분히 타산이 있다고 생각하게 될 것입니다. 그리고 바이탈 왕국이 헤이론 왕국을 침략하게 만드는 것도 좋은 방법일 것입니다."

레이몬드는 바이탈 왕국의 국왕이 자신을 수배하여 지금은 카이라 제국에서도 귀족이라고 할 수 없는 위치에 놓여 있었다.

대륙의 모든 나라에서는 자국의 귀족을 보호하기는 하지만, 자국의 귀족이 반역을 하여 도망을 가게 되면 다른 나라에서 귀족으로 행세를 하지 못하게 요청을 할 수가 있었다.

레이몬드는 지금 그런 위치에 놓여 있는 상황이라 바이탈 왕국에도 사실 좋은 감정을 가지고 있지는 않았다.

미첼 공작은 레이몬드의 의견을 듣고는 아주 흐뭇한 미소를 짓고 있었다.

테니 백작은 자신도 생각지 못한 계책을 낸 레이몬드가 마음에 들지 않는지 인상을 쓰고 있었지만 계책이 나쁘지는 않았기에 다른 말을 하지는 않았다.

"자네에게 아레아 공국의 일을 처리하라고 하면 할 수 있겠나?"

미첼 공작의 진중한 말에 레이몬드는 속으로 자신이 바라고 있는 말이라고 하며 비명을 질렀다.

"물론입니다. 저에게 이번 일에 대한 전권을 주신다면, 반드시 공작 전하께 원하시는 대로 되도록 하겠습니다."

"하하하, 아주 마음에 드는 말이네. 그러면 이번 일에 대한 것은 레이몬드 자네가 한번 맡아 보게. 테니 백작은 이번 일에 대한 지원을 해 주도록 하게."

미첼 공작의 허락이 떨어지자 테니 백작과 레이몬드는 동시에 힘차게 대답을 하였다.

"감사합니다, 공작 전하."

"알겠습니다, 공작 전하."

두 사람은 다른 생각을 하고는 있지만 한 가지 공통적인 것이, 미첼 공작가에 해를 입히려는 생각을 가지고 있지는 않다는 것이고, 다른 한 가지는 브레인에 대한 원한

이 있다는 것이었다.

　이로 인해 브레인이 얼마나 많은 시련을 당할지는 아직 모르지만 결코 평탄하지는 않을 것이라는 것은 사실이었다.

3.
아레아 공국의 건국

헤이론 왕국에서는 아레아를 공국으로 인정을 하고, 브
레인을 공왕으로 인정을 해 주었다. 그리고 왕국에서 지
원을 해 주기로 한 인구와 물자를 빠르게 지원을 하기 시
작했다.

　브레인의 어머니와 엔더슨 일행도 병사들과 기사들의
가족들과 함께 공국으로 돌아가고 있었다.

　"후작 각하, 공국으로 임명을 하는데, 그 내용이 조금
이상하지 않습니까?"

　아이론 남작의 말대로 헤이론 왕국에서는 아레아를 공
국으로 인정을 하면서 이상하게도 모든 부분을 자신들과

는 상관없이 독자적으로 운영을 하게 해 주었기 때문이었다.

보통의 공국과는 다르게 아레아 공국은 헤이론 왕국과는 실질적으로 더 이상 관계가 없는 그런 나라가 되었기 때문이었다.

헤이론 왕국의 국왕이 물자의 교류는 인정하였지만 아레아 영지를 가는 곳에 국경 초소를 운영한다고 하였으니, 이제는 공국이 아닌 왕국이라고 해도 그리 문제가 없었다.

문서에도 삼 년의 시간이 지나면 공국에서 왕국으로 개국을 하여도 헤이론 왕국에서는 인정을 하겠다고 하였기에 이제는 확실히 다른 나라라고 할 수 있었다.

"아이론 남작은 아레아를 공국으로 만든 국왕과 귀족들의 생각에 대해 어찌 생각하시오?"

"아마도 우리의 힘을 소모시키기 위해 그런 것 같습니다."

"헤이론 왕국의 입장에서 우리 공국은 눈엣가시와도 같은 존재일 것이오. 저들은 자신들의 아성에 우리가 접근하는 것을 좋아하지 않기 때문이오. 그러니 원래 없었던 곳을 공국으로 만들어 주었고, 자신들과는 아무런 관계가 없는 것처럼 이렇게 서류를 만든 것이 아니겠소. 하지만 저들은 실수를 하였다는 것을 모를 것이오. 대공 전하께서는 이미 국왕이 이렇게 할 것이라는 것을 염두에 두고 있었으니 말이오."

엔더슨의 말에 아이론 남작은 등에 식은땀이 흘러내렸다.

브레인의 능력은 자신도 측정이 불가능한 것을 이미 알고 있었기 때문이다.

아이론은 자신이 함께 생활해 본 브레인을 생각하니 충분히 그러고도 남을 사람이라는 것을 깨달았다.

자신의 능력을 절대 보이지 않는 사람이 바로 브레인이었기 때문에 국왕도 실수를 할 수밖에 없었을 것이라고 생각하고 있었다.

"후작 각하, 이제 공국이 되었으니 돌아가면 상당히 바빠지겠습니다."

"하하하, 아이론 남작이 더 많이 바빠질 것 같은데 말이오."

두 사람은 즐겁게 대화를 하고 있지만 속으로는 다른 생각을 하고 있었다.

엔더슨은 헤이론 왕국에 남아 있는 마법사들 때문에 신

경을 쓰고 있었고, 아이론 남작은 이제 공국이 되었으니 해야 할 일을 생각하고 있었다.

헤이론 왕국의 국왕은 브레인이 아레아를 떠나지 못한다는 것을 알고는 서류상으로 공왕을 임명을 하였고, 귀족들도 그런 사정을 알고 반대를 하지 않았기에 이렇게 빠르게 일을 진행할 수가 있었다.

귀족파의 귀족들도 브레인이 아레아를 떠나지 못하는 사실을 알고는 국왕파의 귀족들과 상의를 하였고, 아레아를 공국으로 만들어 주기로 협의를 보았다.

브레인에 대한 헤이론 왕국의 기사들의 생각을 알고 있는 귀족들이었기에, 자신의 기사들을 생각해서도 어쩔 수 없는 결정이라고 생각하고 있었다.

아레아를 들어가기 위해 있는 요새는 이제 의미가 사라지고 있었다.

헤이론 왕국의 최전방이었던 곳이 이제는 몬스터의 침입도 없는 평화로운 곳으로 변했으니, 국왕과 귀족들도 요새라는 의미가 사라졌기에 요새를 국경성으로 사용하기로 했다.

드드드.

요새에 유일하게 있는 수정구가 떨리고 있었다.

"여기는 요새의 브렌 마법사입니다."

수정구의 옆에는 마법사가 항시 대기를 하고 있기에 바로 통신을 받았다.

"브렌, 잘 있었나? 나 체라인이네."

"아, 선배님. 반갑습니다. 그동안 잘 계셨습니까."

두 사람은 마법아카데미에서 선후배 관계였다.

"그래, 나야 잘 있지. 이번에 국왕 폐하의 명령서가 떨어져서 이렇게 연락을 하였네."

명령서의 내용은 요새를 국경성으로 변경하도록 하고, 그 주변을 영지로 만들어 새로운 영주로 알렝 자작을 임명한다는 것이었다.

"자네가 근무하는 요새는 이제 요새가 아닌 국경성이 되었고, 그 주변을 모두 영지로 하여 알렝 자작님이 영주가 되었네. 조만간에 왕실에서 정식으로 영주를 인정하는 인장과 증명서가 그리로 가게 될 것이네."

"옛? 우리 사령관님이 영주가 되었다고요?"

"맞아, 요새가 사라지면서 이제는 영지와 국경성이 동시에 생기는 일이지. 아레아가 공국이 되었으니 국경을 확실하게 만들라는 지시이니 일단 명령서를 카피하도록 하게."

"아…… 알겠습니다. 일단 카피부터 하겠습니다."

요새의 마법사는 선배의 말에 약간 어떨떨한 기분이었지만 명령서라고 하니 일단 받아야 했다.

통신구를 통해 카피를 한 명령서는 조금 내용이 길기는 했지만 알아보지 못할 정도는 아니었다.

마법사는 명령서를 들고 바로 알렝 자작에게 달려갔다.

급하다는 생각이 들어서였다.

"자작님, 브렌입니다. 왕실에서 명령서가 도착하였습니다."

"어서 들어오게."

브렌 마법사는 이제 통신을 하는 2서클의 마법사였지만 평소에 부지런한 생활을 하는 모습을 보여 주는 사람이었기에 평판이 좋은 마법사였다. 또 마법에 대한 재능이 없다고는 할 수 없는 그런 사람이었다.

"여기 있습니다. 그리고 왕궁에서 영주의 인장과 증명서도 함께 보낸다고 합니다."

브렌은 명령서를 알렝 자작에게 주었다.

알렝 자작은 명령서를 보면서 점점 얼굴이 굳어지고 있었다.

자신이 보고 있는 명령서에는 아레아와 헤이론 왕국이 아무 관계가 없는 것처럼 되어 있었기 때문이었다.

브레인을 싫어하는 것은 자신도 알고 있었지만 이토록 철저하게 배척을 할 줄은 생각지 못해서였다.

아레아를 평정하기 위해 고생을 한 브레인을 이렇게 대우해서는 안 된다고 생각하는 알렝 자작이었다.

"수고했고, 자네는 나가서 메트로 부관을 들어오라고 하게."

"알겠습니다, 자작님."

알렝 자작은 혼자 남아 깊은 상념에 빠졌다.

왕국에 가장 필요한 사람을 꼽으라 하면, 자신은 브레인이라고 생각하였다.

그런 브레인을 왕국에서는 이제 필요가 없다고 판단을 하였는지 배척을 하고 있었다.

알렝 자작이 그렇게 생각하고 있는 시간에 부관인 메트로가 들어왔다.

"사령관님, 무슨 일이십니까?"

"왔는가. 여기 명령서를 좀 보게."

알렝 자작은 자신의 손에 있는 명령서를 부관에게 주었다.

메트로도 사령관이 주는 명령서를 받아 보았다.

평소의 모습과는 조금 달라 보여 아무런 말도 하지 않고 명령서를 받은 것이다.

한참의 시간이 지나자 메트로의 얼굴도 그리 좋은 얼굴이 되지는 않았다.

"자작님, 이거는 이제 아레아를 완전히 독립을 시킨다는 것이 아닙니까?"

"내가 보기에는, 국왕 폐하와 귀족들은 브레인 대공 전하를 배척하려고 하는 것 같네. 그동안 전쟁에서 승리를 한 것은 생각하니 그 힘이 두려워서겠지."

알렝 자작과 부관은 군인이기도 했지만, 이들은 근본적으로 기사였다.

머리만 사용하는 정치인과는 다르게 이들은 몸으로 행동하는 그런 사람들이었다.

왕국의 귀족들이 원하는 것이 무엇인지는 알지만 마음으로는 항명을 하고 싶은 기분이었기에 이렇게 불만을 가지게 되었다.

"아니, 브레인 대공 전하께서 우리 왕국에 얼마나 많은 공을 세웠는지를 알면서도 이런 행동을 한다는 말입니까?"

"기사라면 절대 그런 행동을 하지 않겠지. 하지만 국왕 폐하의 주변에 있는 귀족들은 기사가 아니지 않는가. 그리고 우리가 무슨 힘이 있어 명령을 거부하겠는가."

알렝 자작은 비참한 기분이 들었다.

자신이 개인적으로 주군으로 모시고 싶은 사람이 바로 브레인이었기 때문이다.

"아무리 그래도 그렇지, 이거는 뒤통수를 치는 것이 아닙니까."

메트로 부관의 말에 알렝 자작도 같은 생각을 하고 있었다.

알렝 자작도 국왕과 귀족들이 하는 짓이 정말 마음에 안 들었다.

"우리가 말을 한다고 무엇이 변하겠는가. 일단은 위에서 지시를 하니 그렇게 따라야지."

알렝 자작은 힘이 없는 목소리로 말을 하고 있었다.

"자작님, 제가 보기에는 왕국에 남아 계시는 것보다는 차라리 브레인 대공 전하께 의탁을 하시는 것이 좋지 않겠습니까? 국경성을 책임지는 자리가 그리 좋은 자리는 아니지 않습니까."

메트로의 말에 알렝 자작도 솔직히 마음이 흔들리는 것

은 사실이었지만 수도에 남아 있는 가족들을 생각해서 그리하지 못했다.

알렝 자작의 가문은 전통 있는 가문이었고, 자신만 생각할 수는 없는 일이었기에 브레인을 추종하기는 하지만 그를 따르지는 못하고 있었다.

혼자의 몸이라면 얼마든지 가고 싶지만 일가친척들이 자신으로 인해 힘들어지는 것을 원하지 않았기에 가지 못했다.

"자네의 말이 맞기는 하지만 아직은 때가 아니라고 생각하니 기다려 보세."

메트로는 알렝 자작의 상황을 알고 있기에 답답해서 한 말이었다.

"알겠습니다, 자작님."

국경을 책임지는 국경성이 되었지만 요새의 일이 달라진 것은 없었다.

브레인이 있는 아레아 공국의 사람들이 오는 것을 막을 수 있는 것도 아니었기에 지금처럼 근무를 하면 되는 일이었기 때문이다.

브레인이 있는 아레아에서는 지금 열띤 토론이 벌어지

고 있었다.

"대공 전하, 저희 아레아 영지가 이제 공국으로 정식으로 인정을 받았으니, 공국으로서 기틀을 마련해야 합니다."

브레인도 공국으로 인정을 받은 것이 기쁘기는 했지만 갑자기 공국이 되었기에 그에 따른 일을 처리하는 것이 쉽지가 않았다.

우선 공국에 필요한 인원들을 모아야 했고, 그리고 작위도 주어야 했기 때문이다.

일단 엔더슨이 도착을 하면 회의를 하기로 마음을 먹은 브레인이었다.

"모두 엔더슨 후작이 도착하면 다시 회의를 할 것이니 그리 알고 있으시오. 우리가 이제는 공국이 되었으니 그에 따른 것들을 모두 생각해 보고 다음 회의 때 이야기를 하도록 합시다."

"알겠습니다, 공왕 전하."

대공과 공왕은 같은 작위였다.

단지 공왕은 공국의 왕이었고, 대공은 왕국의 국왕 다음이라는 이름만 달랐을 뿐이었다.

브레인은 모여 있는 가신들이 물러나자 혼자 남아 앞으

로의 일들을 생각하였다.

이곳으로 올 때부터 새로운 나라를 세우려는 마음을 가지고 있었는데, 헤이론 왕국의 국왕이 자신의 마음을 알았는지 공국으로 인정을 해 주는 바람에 조금은 계획이 빨라졌다. 하지만 엔더슨이 도착을 하면 바로 공국으로서의 준비를 하면 되는 일이었다.

'국왕이 무슨 생각으로 공국으로 인정을 해 주었는지는 모르지만, 나에게는 이번이 확실히 기회이기는 하지.'

브레인은 공국을 시작으로 왕국을 만들려고 하고 있었다.

몬스터 천국을 모두 삼킬 수도 있으니 제국을 만든다고 해도 문제는 없었지만, 문제는 인구가 부족하다는 것이었다.

타국들이 자신이 몬스터 천국을 모두 가지게 두고 보지를 않을 것이기 때문에 적당하게 눈치를 볼 필요도 있었다.

아직은 아티팩트를 이용하여 아레아의 절반에 해당하는 영지만 얻은 것으로 하였지만, 실지로는 아레아의 모든 지역을 얻었기에 일단은 조심하고 있었다.

에레나의 힘이라면 몬스터 천국을 모두 얻을 수가 있을

것 같아서였다.

'에레나, 우리가 있는 몬스터 천국의 모든 지역을 내가 관장하게 해 줄 수 있어?'

브레인은 에레나에게 바로 질문을 하였다.

'주인, 왜 그렇게 욕심이 많아?'

에레나는 브레인이 욕심을 부린다고 생각하고 있었다.

'에레나, 내가 욕심을 부리는 것이 아니라 이제 나의 왕국을 만들려면 어느 정도는 영지가 필요하니 하는 말이야.'

브레인은 에레나의 도움이 있어야 가능하다는 것을 알고 있기에 조금은 에레나의 기분을 맞추어 주려고 하였다.

병사들의 피해도 없이 이렇게 땅을 공짜로 얻었으니 그 정도는 충분히 해 줄 수 있다고 생각해서였다.

브레인도 그러고 보면 자신의 이득을 무지 따지는 인물이 되고 있는 중이었다.

'어느 정도는 가능하지만 모든 지역은 불가능할 텐데……'

에레나의 말을 듣고는 조금 이상한 기분이 드는 브레인이었다.

에레나의 처음 말과는 다르게 지금은 몬스터들을 모두 처리하기가 불가능하다고 하니 이상한 생각이 들었다.

'에레나, 솔직하게 말해 줘야겠다. 방금 전에 한 이야기는 무슨 뜻이지?'

브레인의 의심이 가득한 말에 에레나는 자신이 실수를 하였다는 것을 알았다.

'아니야, 주인이 원하면 몬스터는 얼마든지 처리를 해 줄게.'

'에레나, 몬스터를 처리하는 것이 문제가 아니고, 방금 전의 말에 대한 답변을 해 줘야지.'

브레인은 에레나가 자신에게 무언가를 숨기고 있다는 것을 확신하고 있었다.

에레나가 에고의 기능을 가지고는 있지만 조금은 어린 에고인지, 아직은 생각하는 부분이 어려서인지 집요하게 파고들면 실수를 하였다.

'저기 주인…… 거참, 대답하기 불편한 거만 묻지 말고 어서 강해지라니까.'

에레나가 자신에게 자꾸 강해지라고 하는 이유를 브레인은 아직도 알지 못하고 있었다.

예전에도 자신이 강해져야 그만큼의 힘을 쓸 수가 있다

고 하였는데, 도대체 얼마나 강해져야 하는지를 알 수가 없었다.

'에레나, 솔직하게 강해져야 한다는 것은 알겠는데, 얼마나 강해져야 하는지는 모르겠다. 에레나가 원하는 강함은 어디에 근거를 두고 하는 말이야?'

브레인의 말에 에레나는 잠시 말을 하지 않다가 대답을 하였다.

'주인의 힘이 지금 내가 느끼기로는 아주 초급의 힘이니, 최소한 중급의 힘은 되어야 해. 그래야 나도 어느 정도 힘을 발휘하지.'

에레나의 말에 브레인은 지금 자신의 실력을 생각해 보았다.

지금 자신은 마스터 중급과 상급의 사이에 해당하는 실력인데, 에레나의 말에 따르면 지금의 실력이 초급이라는 것이었다. 그러면 중급의 실력은 아마도 그랜드 마스터의 수준이라는 생각이 들었다.

'에레나, 중급의 수준이 그랜드 마스터를 말하는 거야?'

'그랜드 마스터가 무언지는 모르지만 최소한 지금보다는 강해야 나도 힘을 사용할 수가 있을 것 같아.'

에레나의 힘이 얼마나 대단하지는 모르지만, 그랜드 마스터의 수준에 해당하는 힘이 필요하다는 것을 보면 대단하다는 것을 느낄 수가 있었다.

'흠, 에레나가 나에게 감추는 것이 무엇인지는 모르지만 내가 강해야 알려 줄 것 같으니 더 이상 묻지는 않을게.'

브레인은 에레나에게 더 이상 질문을 해 보아야 알려 주지 않을 것 같아서 그만 묻기로 했다.

에레나가 원하는 강함을 얻기 전에는 알려 주지 않을 것 같았다.

브레인은 더 이상 에레나와의 대화에서 얻을 것이 없다고 생각하고는 자신의 궁금증을 정리하기로 했다.

아레아 공국이 되었다는 이야기는 아레아에 있는 모든 이들이 알게 되어 지금 무적 기사단에 속해 있는 기사들은 이제 공국의 기사단이 되었다.

아직 직위를 정해지지 않았지만 기존의 서열을 무시하지 않을 것이라는 것이 지배적이었다.

알렉스는 기사단의 기사들에게 강력한 이미지를 보여 주는 존재라 그런지, 기사들은 다른 마스터들보다 알렉스를 조금 더 강자라고 인식을 하고 있었다.

"수련을 할 때는 죽을 각오로 수련을 해라. 너희들이 휘두르는 검에 상대가 죽을 것이라고 생각하며 힘차게 휘둘러라."

"예, 알겠습니다."

기사들은 알렉스가 직접 검술을 지도하기 때문에 감히 허술하게 할 수가 없었다.

마스터가 보고 있는 자리이니 이들은 죽을 각오로 수련을 하고 있었다.

기사들의 수련에 알렉스는 조금 만족했는지 입가에 미소를 지었다.

그런 기사들이 있는 곳으로 오고 있는 존재가 있었으니 바로 브레인이었다.

"어서 오십시오, 공왕 전하."

알렉스는 브레인이 보이자 바로 인사를 하였다.

브레인은 기사들이 수련을 할 때에는 인사를 생략하라고 지시를 하였었다.

그렇게 생활을 해서 그런지 기사들은 브레인이 왔다는 것을 알고도 모두 수련에 빠져 있었다.

"알렉스, 수고 많네."

"아닙니다. 이제는 우리 공국의 기사들이니 제대로 수련을 시키려고 하는 중입니다."

알렉스도 공국으로 독립을 하였으니 예전과는 많이 달라져야 한다고 생각하고 있었다.

인적자원이 부족한 아레아 공국의 입장에서는 결국 부족한 병력을 실력으로 채워야 했기 때문이다.

"기사들의 실력이 얼마나 되는가?"

"지금 일기생들은 모두 익스퍼트 상급의 경지에 도달했습니다. 하지만 이기생은 아직도 중급의 실력에서 벗어나지 못하고 있습니다."

브레인의 기사들은 가장 먼저 들어온 기사들을 일기생이라고 하고, 그다음부터는 자동으로 다음 기수로 서열을 정해 주었다.

개중에는 후배가 작위를 받는 경우도 있지만, 그런 상황이야 얼마든지 일어날 수가 있는 일이었기에 기사들도 이해를 하였다.

"알렉스, 우리도 이제 공국으로 자리를 잡게 되었으니 기사들에게 더욱 신경을 써야 할 거야. 다른 나라에서 우리 공국을 어떻게 생각할지 모르니 미리 준비를 하고 있어야 하지 않겠어."

"걱정 마십시오. 공국의 기사단은 대륙 제일의 기사단이라고 할 수 있습니다. 실력으로 따져도 밀리지 않는 기사단이 우리 무적 기사단입니다."

알렉스는 자부심을 가지고 대답하였다.

브레인도 무적 기사단이 얼마나 강한지를 알고 있었지만 그래도 더욱 강해지기를 바라고 있었다.

"알렉스, 나도 무적 기사단이 강하다는 것은 알고 있지만 우리 공국에는 인구가 부족하다는 것을 알아주었으면 한다. 인구가 적은 공국에서 전쟁이라도 생기게 되면, 가장 중요한 것이 바로 실력이니 말이야."

브레인은 기사들의 실력을 최소한 상급의 익스퍼트로 만들려고 하고 있었다.

그렇게 해야 무적 기사단에 어울리는 기사단이라고 생각하고 있어서였다.

아레아 공국의 인구가 아직 정해지지 않은 것은, 헤이론 왕국의 국왕이 얼마나 많은 인구를 지원할지 알 수 없었기 때문이었다. 하지만 미리 준비를 하는 것이 좋을 것 같았다.

자신과 전쟁을 하여 패배를 한 카이라 제국의 미첼 공작가도 있었고, 바이탈 왕국도 자신과는 그리 좋은 사이가 아니었기에 전쟁에 대한 준비를 하려고 하였다.

에레나가 있으니 몬스터를 이용하여 전쟁을 할 수도 있겠지만 이도 어느 정도는 가능하지 절대적인 것은 아니었다.

몬스터로만 전쟁을 하게 되면 아마도 대륙의 모든 나라가 아레아 공국과 전쟁을 하려고 할 것이기 때문에 이는 피해야 했다.

"대공 전하, 기사들도 공국이 만들어지면 인구가 부족하다는 것을 알고 있습니다. 그리고 최대한 노력을 하고 있으니 좋은 결과가 있을 것입니다."

"그래야지, 우리 공국의 미래가 걸려 있는 일이니 말이야."

브레인은 기사들의 실력에 공국의 미래가 걸려 있다고 생각하고 있었다.

병사들의 실력도 높이고 있지만, 아직은 기사들에게 의존할 수밖에 없었기에 기사들의 실력을 최대한 높이려고 하고 있었다.

아레아 공국은 이렇게 최대한 기사들과 병사들의 실력을 높이는 것에 중점을 두고 있었다.

엔더슨과 일행은 두 달 동안 이동을 하여 드디어 아레아 공국에 도착을 할 수 있었다.

보통은 한 달 정도 걸리는 거리였는데, 이번에는 너무 많은 사람들과 이동을 하는 바람에 시간이 많이 걸렸다.

기사들과 병사들의 가족들을 모두 데리고 오니 시간이 지체될 수밖에 없었다.

아레아는 병사들의 가족들이 온다는 소식에 수련과 집을 짓느라 무척이나 고단한 시간을 보내고 있었다.

"후작 각하, 수고하셨습니다."

"고생들 하네. 공왕 전하께서는 어디에 계시는가?"

기사들의 인사에 브레인을 먼저 찾는 엔더슨이었다.

"공왕 전하께서는 지금 후작 각하를 기다리고 계십니다."

"어서 가자."

엔더슨은 시간이 없다는 듯이 기사에게 재촉을 하였다.

헤이론 왕국을 떠나면서 통신을 하기는 했지만 아직도 많은 이야기를 해야 했기 때문에 엔더슨의 마음은 급하기만 했다.

기사는 그런 엔더슨을 브레인이 있는 곳으로 안내를 해 주었다.

똑똑똑.

"누군가?"

"공왕 전하, 엔더슨입니다."

"들어와."

브레인의 대답에 엔더슨은 문을 열고 안으로 들어갔다.

브레인은 엔더슨의 얼굴을 보자 아주 반가운 얼굴을 하였다.

"엔더슨, 오느라 고생했어."

"아닙니다. 저도 병사들의 가족을 데리고 오니 즐거웠습니다."

엔더슨은 병사들과 기사들의 가족들과 이동을 하며 많은 이야기를 하였고, 이들이 무엇을 필요로 하는지 알게 되었다.

자신도 평민의 삶을 살았지만 그때는 나이가 어려 무엇인지를 알지 못할 때였기에 이들의 대화에 귀를 기울였다.

덕분에 엔더슨은 오는 동안 그동안 정체되어 있던 서클

에 작은 깨달음을 얻을 수가 있었다.

이제 조금만 시간이 있으면 충분히 7서클의 경지에 오를 수가 있을 것 같았기에, 이번의 일이 자신에게는 도움이 되었던 것이다.

브레인은 엔더슨의 말에 무언가 얻은 것이 있다는 것을 직감적으로 느낄 수가 있었다.

"엔더슨, 좋은 소식이 있는 것 같은데 말이야."

"하하하, 공왕 전하는 속이지 못하겠습니다. 조만간에 7서클에 오를 것 같습니다."

"오, 이거 정말 축하해 주어야 하는 일이군그래. 엔더슨, 축하한다."

"하하하, 감사합니다. 공왕 전하."

엔더슨도 브레인의 축하에 진심으로 고마워했다.

사실 엔더슨이나 친구들이 지금의 위치에 설 수 있었던 것도 모두 브레인이 있었기 때문에 가능한 일이라는 것을 이들도 잘 알고 있었다.

그래서 브레인에게 진심으로 고마워하고, 충성을 다하고 있었다.

"자, 축하는 했고, 이제 이야기를 풀어야지."

브레인은 헤이론 왕국의 국왕이 얼마나 지원을 해 줄

것인지를 듣고 싶어 했다.

"헤이론 왕국의 국왕이 이야기하기를, 예전의 약속을 그대로 이행하겠다고 하였습니다. 다만 문제는 왕국의 유랑민들을 모두 아레아 공국으로 보내기로 하였다는 것입니다. 일부 귀족들의 영지에 있는 평민들도 포함을 시키겠다고 하였지만, 그 인원은 전체의 일 할 정도일 뿐입니다."

엔더슨은 유랑민들 때문에 오는 동안 고민을 많이 하였던 것 같아 보였다.

브레인은 국왕이 인구를 보낸다는 것을 처음부터 믿지 않고 있었다.

인구를 보낸다고 해도 노예나 농노를 구성하여 보내 주면 다행이라고 생각했는데, 유랑민을 보내 주겠다는 말에 대단히 기뻐하였다.

"하하하, 국왕과 귀족들이 제법 머리를 쓴다고 했지만, 이는 우리 공국에 오히려 도움을 주는 결과가 되었군그래."

브레인이 무슨 이유인지 모르게 혼자 즐거워하니 엔더슨은 어리둥절한 얼굴을 하며 브레인을 보았다.

"아니, 유랑민들이 오는데 무슨 도움이 된다는 말입

니까?"

엔더슨의 의문스러운 말에 브레인은 자신의 생각을 그대로 말해 주었다.

"엔더슨, 어느 영지도 유랑민들을 받아 주지 않으니 그들이 할 수 있는 것이 무엇이겠어. 그들도 유랑을 하고 싶은 마음은 없지만, 어쩔 수 없이 유랑을 할 수밖에 없는 상황이니 저렇게 떠돌아다니는 것이야. 그러니 우리가 그런 유랑민들을 받아들여 공국의 사람으로 만들게 되면, 아마도 다른 영지민들보다 더욱 공국을 사랑하는 사람들이 될 거야."

브레인의 말에 엔더슨은 금방 그 뜻을 알아들었다.

엔더슨은 생각지 못했지만 실지로 브레인의 말대로 유랑민들은 어디를 가도 받아 주지 않으니 갈 곳이 없어 유랑을 하게 되었다.

하지만 만약에 이들을 모두 유치할 수 있는 곳이 있다면 이야기는 달라질 수도 있는 일이었다.

방금 전에 브레인의 말대로 유랑민을 모두 받아들여 공국의 사람으로 만들게 되면, 이는 엄청난 전력이 생기는 일이기도 하였기 때문이다.

엔더슨은 자신의 말만 듣고 바로 그런 생각하는 브레인

이 괴물 같다는 생각이 들었다.

"공왕 전하, 어찌 그렇게 단번에 좋은 생각을 하실 수가 있습니까?"

엔더슨은 정말 궁금하다는 듯이 물었다.

"엔더슨 국왕이 우리를 좋아하지 않는데 과연 공국을 만들라고 했겠어? 아니지, 국왕의 욕심은 하늘을 찌르는데 어찌 많은 인구를 보내 주겠어. 그러니 국왕이 지원을 해 주는 것이라고 해도 노예나 농노가 적당하겠지. 나는 농노라도 보내 주면 감사하게 공국의 사람으로 만들려고 했는데, 이제 그보다 근성이 있는 유랑민을 보내 주겠다는데 반대를 할 이유가 없잖아."

브레인은 매사 긍정적인 마인드를 가지고 살아와서 그런지, 생각하는 것이 다른 사람들과는 매우 달랐다.

엔더슨은 어린 시절부터 그런 브레인을 보아 왔고, 자신과는 조금 다르게 독특한 사고방식을 가지고 있다는 생각을 하였는데, 지금은 독특한 것이 아니라 군왕의 자질이라는 것을 깨닫고 있었다.

'공왕 전하께서는 어린 시절부터 저런 카리스마가 있으니 지금의 우리를 이끌어 주실 수가 있는 것이겠지. 정말 대단하신 분이시다.'

엔더슨의 눈빛이 다시 존경의 빛으로 빛나고 있었다.

브레인은 그런 엔더슨을 보며 조금 미안한 생각이 들었다.

자신은 친구들이 생각하는 것처럼 대단하지도 않는 사람인데, 이들은 그런 자신을 아주 대단한 사람으로 보고 있어서였다.

엔더슨은 자신의 품에 있는 서류를 꺼내 브레인에게 주었다.

"여기 있는 것이 공왕의 임명장입니다. 헤이론 왕국이 아레아 공국을 인정한다는 증서입니다."

엔더슨의 손에 있는 서류를 받은 브레인은 안의 내용을 보았다.

서류에는 자신을 공왕으로 임명한다는 말과, 아레아가 공국으로 독립하게 되었다는 것을 알리는 증명서가 있었다.

사실 아레아가 헤이론 왕국의 영지이기는 했지만, 지금은 헤이론 왕국이라고 해도 왕국의 땅이라고 할 수가 없는 지역이기도 했다.

몬스터 천국의 땅은 대륙의 절반에 해당하는 나라가 잃은 지역이기 때문이었다.

남쪽의 나라는 몬스터의 피해를 입지 않았지만 나중에 대륙의 모든 나라가 몬스터와 전쟁을 하게 되면서 이들도 많은 피해를 입게 되었다.

대몬스터 전쟁이 시작되면서 각국에서 지원을 하게 되었기 때문이었다.

몬스터의 수가 엄청나게 불어나니 남쪽의 나라들이 지원을 하지 않을 수가 없었던 상황이라, 이들은 할 수 없이 지원군을 보낼 수밖에 없었다.

그렇지 않으면 그다음이 남쪽의 나라들이었기 때문이다.

대륙의 모든 나라가 총력을 기울여 몬스터들과 전쟁을 하였고, 그 결과가 바로 몬스터 천국으로 몬스터들을 몰아넣는 것이었다.

그런 아레아가 있는 곳이 바로 몬스터 천국의 일부였기에 헤이론 왕국도 아레아를 자신들의 땅이라고 할 수가 없었던 것이다.

브레인이 아티팩트를 이용하여 몬스터의 피해를 입지 않고 절반에 해당하는 지역을 얻었다고는 하지만, 문제는 그 지역을 다스리는 것이었기 때문에 헤이론 왕국에서는 공국으로 인정을 해 주고 일체 정치적인 문제는 책임을 지지 않으려고 하고 있었다.

인구와 물자는 어느 정도 지원을 해 주겠다고 하였지만 이도 얼마나 해 줄지 모를 상황이었다.

"엔더슨, 우습지 않나? 이런 종이 쪼가리에 많은 사람들이 죽고 있다는 것이 말이야."

브레인의 말에 엔더슨은 무슨 말인지를 몰라 의문스러운 눈빛을 보냈다.

브레인은 그런 엔더슨을 보고 있지 않고 서류만 보고 있었다.

"이런 서류 한 장에 나는 공왕이 되고, 공국이 인정을 받는다는 것이 서글퍼서 하는 말이야."

"공왕 전하, 지금은 힘이 약하니 어쩔 수 없는 일입니다. 하지만 시간이 지나면 저들은 오늘의 일을 뼈저리게 후회를 하게 될 것입니다. 저희는 공국이 아닌 대륙 제일의 강한 나라가 될 것이니 말입니다."

"그래, 그래야지. 우리는 가장 강력한 힘을 가진 그런 나라가 될 것이야. 내가 반드시 그렇게 만들고 말 것이니 말이야."

브레인은 엔더슨의 말에 더욱 강렬한 눈빛을 하며 말하였다.

아레아 공국이 이제부터 얼마나 변할지는 모르지만, 오늘의 마음으로 인해 대륙에는 새로운 강국이 탄생하게 될 것이라는 걸 아무도 몰랐다.

4.

아티팩트를 탐내는 사람들

아레아가 공국으로 인정을 받았지만 아직 개국을 할 수도 없는 그런 약한 나라였기에 브레인과 공국의 귀족들은 천천히 개국을 하기로 하였다.

아직 나라의 기반도 없는 곳이 바로 아레아 공국이었기 때문이다.

상인들이 오고 있지만, 공국에 필요한 물품은 아직도 부족한 것이 많은 나라였다.

헤이론 왕국의 귀족파에서 많은 지원을 해 주기는 했지만, 그래도 부족한 것이 천지였으니 말이다.

"유랑민이 도착하면 집은 각자가 알아서 짓게 하면 된

다지만 문제는 자재인데, 이를 어찌 처리를 해야 하나?"

브레인이 아무리 능력이 뛰어나도 처리를 할 수 있는 것이 있고 없는 것이 있는데, 지금의 상황이 바로 처리를 할 수 없는 일이었다.

아레아는 그동안 몬스터들이 살고 있었던 곳이라 그런지 자연적인 풍경은 남아 있지만 집이 없었기에 모두 새롭게 지어야 한다는 것이 문제였다.

"공왕 전하, 지금도 상단을 통해 자재들이 들어오고 있으니 일단 기다려 보시지요."

"아이론 백작은 상단이 가지고 오는 것으로 삼백만이나 되는 인구들이 집을 지을 수 있을 것 같소?"

브레인의 말이 하나도 틀리지 않으니 아이론 백작도 할 말이 없었다.

가장 시급한 것이 바로 집인데 그 집을 지을 수가 없으니 브레인을 답답하게 했다.

공국의 수도로 지정한 곳도 허허벌판인데 다른 곳은 말을 해서 무엇하겠는가 말이다.

아레아 공국은 이제 시작을 하는 곳이라 그런지, 아무것도 없는 그런 곳이었다.

"전하, 유랑민들이 오면 가장 가까운 곳의 숲부터 개간을 하도록 해야 할 것입니다. 우리 공국에는 자연적인 나무들이 많이 있으니 나무가 부족하지는 않을 것입니다."

아이론은 공국이 되면서 백작으로 승작을 하여 이제는 아레아 공국의 백작이 되었다.

"아이론 백작은 공국의 나무들로 수도를 건설할 수 있을 것 같소? 내가 보기에는 수도를 건설하는 것도 그리 쉽지 않아 보이는데 말이오."

브레인의 말대로 아직 수도도 만들지 못해 있는 상황이었기에 얼마나 많은 자재들이 들어갈지는 아무도 계산을 하지 못하고 있는 실정이었다.

"전하, 대륙 제일의 상단인 아리스 상단주와 통신을 해 보시는 것이 어떻습니까?"

엔더슨은 아리스 상단의 상단주를 만나라고 하고 있었다.

아리스 상단은 다른 상단들과는 다르게 건축자재를 전문적으로 다루는 부서가 따로 있었다.

다만 문제는 자재를 운반하기는 하지만 그 가격이 엄청나서 자금이 문제였다.

공국의 수도를 건설하는 것도 천문학적인 자금이 들어가야 하니 브레인과 귀족들이 한숨을 쉬고 있는 것이었다.

브레인이 가지고 있는 고대 시대의 유물을 팔면 충분히 감당을 할 수 있겠지만, 지금 아티팩트 한 개만 해도 문제가 되고 있는데 자신이 만약에 다른 아티팩트를 팔게 되면 이는 전쟁을 하자는 것이나 마찬가지였기에 돈이 있어도 말을 하지 못하고 있었다.

"내가 가지고 있는 보석을 팔면 어느 정도는 해결이 되니 일단 보석을 처분하여 아리스 상단에 자재를 가지고 오라고 해 봅시다."

브레인은 자신이 가지고 있는 아티팩트는 팔지 못하지만 보석은 그리 문제가 되지 않을 것이라고 생각하고 한 말이었다.

엔더슨은 브레인이 보석을 가지고 있다고 해도 공국의 수도를 건설하기에는 부족할 것이라 생각하고 있었다.

"전하께서 가지고 계시는 보석을 처분하여 수도를 건설한다고 해도 문제가 있습니다. 유랑민들이 오게 되면 실질적인 생활을 해야 하는데, 그들이 사용해야 하는 물건들은 어찌하실 생각이십니까?"

유랑민이 먹을 것이 있는 것이 아니기에 이들을 데리고 오면 먹을 것도 주어야 하는 상황이라 엔더슨도 답답하기만 했다.

'에레나, 공국을 세우는 데 이렇게 문제가 많은 거야?'

'주인, 나라를 만드는 데 당연한 일이지. 그냥 누구나 쉽게 만들 수 있다면 그건 나라가 아니겠지.'

에레나의 대답에 브레인은 자신이 알고 있는 것과는 달리 건국이 힘들다는 것을 깨달았다.

다른 나라를 침공하여 나라를 세우는 것이라면 이렇게 막막하지는 않을 것이라는 생각이 드는 브레인이었다.

허허벌판에 나라를 세우는 일이니 처음부터 모든 것이 다 골치가 아팠다.

"엔더슨 후작은 아리스 상단의 상단주를 우리 공국에 오라고 하여 보석을 감정해 보라고 하고, 기사들은 병사들과 주변에 있는 숲에 들어가서 검으로 나무를 베면서 수련을 하라고 하게. 방법이 없으면 만들어야지 어쩌겠나."

브레인의 명령에 귀족들과 기사들은 어이가 없는 표정을 짓고 말았다.

공국의 수도에 공왕이 사는 장소가 목책으로 만들어져 있으니 다른 말을 할 수가 없는 상황이었다.

자금을 생각지 못하고 건국을 받아들인 브레인의 실수였으니 말이다.

아레아 공국에 남아 있는 기사들과 병사들은 지금 공국의 주변에 남아 있는 숲을 정리하고 있었다.

숲이 있으면 좋다는 것을 알지만 지금은 없는 살림을 보태야 하는 시점이라 작은 것을 빼고는 모두 정리를 하고 있었다.

"어이, 넘어간다."

우드드드 쿵!

"휴우, 오늘은 이제 끝인가?"

"여기도 이삼 일이면 정리가 되겠는데."

"그래, 처음에는 검으로 나무를 베지 못해 고생을 했는데, 공왕 전하의 말대로 마나를 사용하면 할수록 더 많이 느는지 이제는 간단하게 나무를 베잖아."

"나도 내가 나무를 이렇게 쉽게 벨 줄은 상상도 하지 못했다."

병사들은 자신들이 검으로 나무를 베고 있다는 사실만으로도 신기한 기분이었다.

아레아 공국에 속해 있는 병사들에게는 브레인이 간단하게 운영을 할 수 있는 마나 호흡법을 전해 주어 이제는 병사들도 마나 유저가 되어 있었다.

이는 아레아로 오기 전에 어느 정도 기본적인 체력을 수련하였기 때문에 가능한 일이었다.

병사들은 자신들이 몬스터와 전투를 해야 한다는 긴장 감에 죽을 각오로 훈련을 하였는데, 이제는 그런 훈련으로 인해 자신들이 마나 유저가 되었으니 그 기분이야말로 무엇으로도 표현을 할 수 없을 정도로 기뻤다.

공국의 수도를 짓기 위해 브레인이 작은 주머니를 꺼내 었는데, 아리스 상단의 상단주를 불렀고 상단주는 브레인의 명성에 어쩔 수 없이 오게 되었다.

"공왕 전하, 아리스 상단의 상단주가 왔습니다."

아리스 상단주는 평민이 아닌 귀족의 작위를 가지고 있는 자였다.

"안으로 들라 하라."

브레인이 있는 공국의 수도 중에 유일하게 있는 것이 바로 병사들과 함께 생활하려고 만든 진영이었다.

그러니 공왕인 브레인은 지금 막사에서 생활을 하고 있다는 말이었다.

"공왕 전하를 뵈옵니다. 아리스 상단의 상단주입니다."

"어서 오시오. 먼 거리에 오느라 수고 많았소."

"아닙니다. 전하의 부르심을 받아 와야 하는 것이 당연합니다."

아리스 상단주는 브레인의 명성을 알기에 최대한 조심을 하고 있었다.

브레인은 그런 아리스 상단주에게 허리춤에서 작은 주머니를 꺼내 건네주었다.

"여기 내가 가지고 있는 보석 중에 일부인데, 그대가 감정을 해 주었으면 하오."

아리스 상단주는 브레인의 손에 있는 작은 주머니를 보고는 대번에 마법 주머니라는 것을 알았지만 보석을 감정해 달라는 말에 속으로 어이가 없었다.

'이런 빌어먹을. 보석을 감정하려면 감정사를 부르면 되지, 나를 그따위 감정이나 하라고 부른다 말이야.'

아리스 상단주는 속으로 욕을 하면서도 겉으로는 전혀 내색을 하지 않고 황송한 표정을 지으면 말을 하였다.

"제게 이런 기회를 주셔서 감사합니다, 전하."

아리스 상단주는 브레인의 손에 있는 주머니를 기사를 통해 받아 열어 보았다.

마법 주머니라고 생각하였던 주머니는 마법 주머니는 아니었고, 그 안에는 눈이 부시게 아름다운 보석들이 있었다.

"헉! 이…… 이거는 드워프제 보석?"

아리스 상단주는 황급히 자신의 손으로 보석을 꺼내어
보았다.

순도 백 프로의 드워프제, 그것도 최상급의 보석이 하
나도 아니고 무더기로 있는 것이 아닌가?

아리스 상단주는 주변에 누가 있는지도 모를 정도로 보
석의 아름다움에 취해 있었다.

"오…… 정말 최상급의 보석이구나. 이렇게 아름다울
수가 있다니……."

아리스 상단주의 말에 브레인은 자신이 가지고 있는 보
석이 상당한 값어치를 가지고 있는 것을 알았다.

"이제 그 보석을 감정해 줄 수 있겠소?"

브레인의 말에 아리스 상단주는 정신이 들었는지 황급
히 브레인에게 머리를 조아렸다.

"이 보석의 값어치를 대륙에서 저보다 잘 알고 있는 사
람은 없을 것입니다. 당연히 해 드리겠습니다."

아리스 상단주의 말에 브레인은 입가에 미소를 지었다.

눈으로 보기에도 지금 아리스 상단주는 보석에 빠져 있
는 것으로 보였기 때문이다.

"나는 그 보석으로 우리 공국에 필요한 자재를 구입하고 싶은데, 어찌 생각하시오?"

브레인은 기회를 놓치는 미련퉁이가 아니었다.

브레인의 말에 아리스 상단주는 아주 기분이 좋은 표정을 하면서 바로 대답을 하였다.

"전하, 필요하신 품목을 말씀만 하십시오. 최대한 저렴하게 드리겠습니다."

"우리 아레아가 공국이 되었다는 것은 알고 있을 것이오. 그런데 공국이라는 나라가 생기기는 했지만 눈으로 보기에도 이게 공국이오? 나는 여기에 새롭게 도시를 만들었으면 하는데, 어떻소?"

브레인의 말에 아리스 상단주의 눈이 맹렬히 돌아가기 시작했다.

상단을 책임지는 자리에 있는 사람이니 계산을 하고 있는 중이었다.

자신이 들고 있는 보석은 드워프제 최상급의 보석이었고, 그 하나만 해도 엄청난 금액이었다.

비록 공국을 새롭게 만드는 것이라고는 하지만, 자신이 가지고 있는 보석의 가치는 그 이상이라는 것을 알고 있을 것이라고 생각하니 공국의 건설만이 전부가 아니라는 생각이 들었다.

"전하, 공국의 건설에 필요한 모든 것을 저희 상단이 책임을 지겠습니다."

"그것뿐이오?"

브레인의 말에 아리스 상단주는 다시 머리가 고속으로 회전을 하기 시작했다.

이번 거래는 절대 놓칠 수가 없는 그런 기회였기에 반드시 하겠다는 생각을 가지고 있었다.

아마도 자신의 상단이 아니라 다른 상단이었다면 이번 거래로 대륙 제일의 상단이라는 이름을 상대방에게 주어야 했을 정도로 이번 거래는 엄청난 것이었다.

"무엇이 필요하십니까? 말씀만 하시면 바로 구해 오겠습니다, 전하."

아리스 상단주는 최대한 브레인의 마음이 불편하지 않도록 말을 하였다.

자신의 눈앞에 있는 존재는 이제 공왕이 아닌 신이라는 생각을 속으로 하고 있는 중이었다.

"그대가 우리 공국에 필요한 것들을 조달해 주었으면 하는데, 어찌 생각하시오?"

"알겠습니다. 대륙의 모든 것들을 아레아 공국으로 옮

겨 놓도록 하겠습니다. 전하."

브레인이 빠른 시간 안에 도시를 건설하는 것과, 그 도시에 필요한 것들을 원한다는 걸 알아챈 아리스 상단주는 바로 주겠다고 대답을 하였다.

아리스 상단의 도움이라면 막막한 이 기분을 시원하게 풀어 줄 것이라는 생각이 드는 브레인이었다.

"그럼 그대만 믿고 있겠소."

브레인은 아리스 상단주에게 준 보석에 대해서는 일언반구도 하지 않고 있었다.

아리스 상단주는 그런 브레인의 행동에 눈빛이 빛나고 있었다.

자신이 상인의 길을 걸은 지도 벌써 삼십 년이라는 세월이 흘렀지만, 자신의 눈앞에서 저렇게 담담하게 있는 사람은 보지를 못했다.

자신에게 준 보석의 값어치를 따져도 공국을 세우고도 남을 재산이었고, 그런 엄청난 금액을 주고도 아무런 말을 하지 않는다는 것이 신기하기만 하였다.

단지 자신을 믿겠다는 한마디가 전부였기에 아리스 상단주는 상당한 부담이 갔다.

"최선을 다하겠습니다, 전하."

아리스 상단주는 그렇게 말을 하고는 조용히 물러갔다.

귀족들은 브레인이 아리스 상단주와 대화를 하고 있어 구경만 하였지만, 아리스 상단주가 하는 행동을 보니 브레인이 준 보석이 얼마나 대단한지를 알 수가 있었다.

"전하, 보석을 그냥 주어도 되겠습니까?"

"대륙 제일의 상단이라는 이름은 그냥 얻어지는 것이 아니다. 그냥 두고 보면 알아서 할 것이다."

브레인은 아리스 상단주의 얼굴을 보고는 절대 상대를 배신할 스타일이 아니라고 생각하였다.

저런 사람은 신용에 목숨을 거는 타입이었기에 그냥 두어도 자신에게 해를 입히지 않을 것이라는 확신이 있었다.

브레인이 아리스 상단에 모든 것을 일임한 이유는, 건축을 해 본 사람은 있지만 전문적인 기술자가 아니라는 것이 가장 큰 문제였기 때문이었다.

또 이렇게 해야 아리스 상단이 책임감을 가지고 일을 하기 때문이었다.

전적으로 일을 맡기는데, 허술하게 했다가는 그다음을 감당할 수 없을 테니 어찌 허술하게 하겠는가 말이다.

브레인은 아리스 상단주를 믿고 모든 건축에 관한 부분을 맡기기로 마음을 정했다.

"앞으로 우리 공국에서 하는 건축에 관한 일은 모두 아리스 상단에 일임을 한다. 그러니 모두 그렇게 알고 아리스 상단이 일을 할 수 있도록 해 주기 바란다."

브레인의 명령에 귀족들은 힘차게 대답을 하였다.

"예, 알겠습니다. 전하."

귀족들도 건축 때문에 그동안 신경 쓰였던 것을 생각하니 마음이 한결 편해지는 기분이었다.

허허벌판에 나라를 세우는 것이니 얼마나 황당한 기분이 들었겠는가 말이다.

아무리 공국으로 인정을 받았다고는 하지만 헤이론 왕국이 어느 정도는 지원을 해 줄 것이라 생각하였는데, 막상 공국이 되니 인구와 식량만 조금 지원해 주고 더 이상은 지원을 해 주지 않으니 황당하기만 하였던 것이다.

그런 황당함을 하루아침에 날아가게 만든 브레인을 보니 무슨 괴물을 보는 것 같은 기분이었다.

브레인의 원래 수하들도 그런데 다른 사람들이야 말로 해서 무엇하겠는가.

브레인은 귀족들의 얼굴을 보며 다시 지시를 하기 시작했다.

"기사들과 병사들이 베어 놓은 나무들을 모두 작업을

할 수 있게 해 주고, 더 이상은 나무를 베지 말고 주변을 정리하라고 하라."

"알겠습니다, 전하."

"전하, 나무를 베는 것을 멈추는 것은 상관이 없지만 공국의 주변 도시를 만들기 위해서는 어느 정도는 나무를 정리해야 할 것입니다."

"아직은 우리 공국의 인구가 많이 부족하니 그 인원에 필요한 것만 하자는 말이다. 인구가 늘어나면 그때 다시 해도 되는 것들은 그때 하고, 무슨 말인지 알겠는가?"

"알겠습니다, 전하."

엔더슨은 브레인의 말을 알아들었지만, 헤이론 왕국의 국경성이 있는 곳까지는 길을 만들어 두어야 한다고 생각했다.

그리고 공국의 발전을 위해서는 출입을 할 수 있는 프라임 계곡을 반드시 정리해야 하기 때문이었다.

아레아 공국이 이렇게 아리스 상단의 개입으로 빠르게 정리가 될 때, 다른 왕국들은 아티팩트 한 개로 아레아를 얻어 공국을 세웠다는 것을 마음에 들어 하지 않고 있었다.

"폐하, 헤이론 왕국의 브레인 대공이 이제 아레아 공국의 공왕이 되면서 많은 기사들과 병사들을 데리고 갔다고 합니다. 우리 왕국이 지난 전쟁에 패배를 한 설움을 이번에 확실히 풀어야 합니다."

바이탈 왕국에는 아직도 친제국파에 속해 있는 귀족들이 많이 있었다.

이들은 제국의 귀족이라고 하면 간이라도 빼 줄 것처럼 행동을 하는 인물들이었다.

이들에게 미첼 공작가의 연락이 갔고, 전쟁에 승리를 하게 되면 충분한 보상을 해 주겠다는 말을 듣고는 바로 국왕의 귀에 속삭이기 시작했다.

"아니, 이제 전쟁이 끝이 났는데 다시 전쟁을 하자는 말이오?"

"폐하, 우리 바이탈 왕국의 치욕을 갚을 수 있는 절호의 기회입니다. 전쟁이 발생하면 브레인 공왕은 더 이상 헤이론 왕국을 도울 수가 없을 것입니다. 이번 공국으로 인정을 받으면서 헤이론 왕국의 국왕이 지원을 해 준 것이라고는 유랑민과 식량 조금이라고 합니다. 브레인 공왕도 그런 헤이론 왕국에 강력하게 항의를 하였지만, 국왕은 더 이상은 힘들다고 하면서 지원을 해 주지 않았다고 합니다. 아레아 공국과 헤이론 왕국이 이렇게 사이가 안

좋으니 저희에게는 절호의 기회라고 할 수 있습니다. 브레인 공왕이 없는 전쟁이라면 충분히 승산이 있습니다."

바이탈 국왕은 이긴다는 말에 마음이 흔들리고 있었다.

자신이 생각하기에도 헤이론 왕국에 도움을 주지 않을 것 같았기 때문이다.

그리고 지난 전쟁에 헤이론 왕국에 배상을 한 것을 생각하면 아직도 마음이 불편하기만 해서였다.

전쟁을 하기는 했지만 자신이 시작한 전쟁도 아니었고, 자신들이 도움을 주어 승리를 하였는데도 배상을 하였으니 국왕의 입장에서는 속이 쓰리기만 했었다. 그런데 이런 달콤한 말을 들으니 금방 마음이 동했다.

"정말 브레인 공왕이 참전을 하지 않겠소?"

"국왕 폐하, 저라도 참전을 하지 않을 것입니다. 그리고 우리 바이탈 왕국이 지난 전쟁에 솔직히 패배를 한 것은 아니지 않습니까. 그런데 배상을 해 주었으니, 대륙의 모든 나라가 우리 바이칼 왕국이 패배를 하였다고 생각할 것이 아닙니까."

바이탈 왕국의 귀족들은 모두가 그렇게 생각하고 있었다.

전쟁에 지지도 않고 배상을 해 주었으니 기분이 좋을

수가 없었다.

그렇다고 모두가 전쟁에 찬성을 하는 것은 아니었다.

"폐하, 헤이론 왕국의 일은 저도 기분이 좋지 않지만 지금은 우리 왕국도 전쟁을 하기보다는 강력한 힘을 키우는 것이 우선이라고 생각합니다. 지난 전쟁에 입은 피해도 적지 않지만 보상을 해 주면서 금전적으로도 상당히 부담을 입었기에 당장 전쟁을 하려면 왕국이 힘들어지게 되니 다시 한 번 생각해 주십시오."

바이탈 왕국에도 현명한 귀족이 있었다.

국왕은 의견이 다른 귀족을 보며 조금 인상을 썼다.

자신도 전쟁을 하기에는 아직 힘들다는 것을 알고 있었다.

하지만 헤이론 왕국에 대한 원한은 아직 시간이 얼마 지나지 않아 그대로 남아 있었기에 복수를 하고 싶었다.

그리고 자신이 보기에 이번 전쟁은 반드시 승리를 할 수 있을 것 같아서였다.

전쟁은 승리를 하게 되면 피해보다는 얻는 것이 많기 때문이다.

"가네트 백작의 말대로 전쟁을 하기에는 아직 시기상조라는 것은 나도 알고 있소. 하지만 이번 같은 기회를 버리기에는 아깝다는 생각이 들지 않소?"

가네트 백작도 이번이 기회라는 것을 모르는 것은 아니었다. 다만 아직은 시간이 부족하기 때문에 참으라고 하는 말이었는데, 지금 국왕은 그런 자신을 오해하고 있었다.

"폐하, 저는 그런 뜻으로 말을 한 것이 아닙니다."

가네트 백작은 국왕이 오해를 하는 것이라 생각하고는 황급히 변명을 하였지만 이미 국왕의 눈초리는 변해 있었다.

"되었소. 무슨 말인지 알아들었으니 그만하시오."

국왕의 말에 자신에 대한 악감정이 있는 것을 느낀 가네트 백작은 더 이상 말을 하지 않았다.

이때가 기회라고 생각한 친제국파의 귀족이 국왕에게 아주 달콤하게 말을 하였다.

"폐하, 헤이론 왕국과의 전쟁에서 승리를 하여 병합을 하게 되면 우리 바이탈 왕국도 강대국이라는 소리를 들을 수 있습니다. 지금이 가장 적기라고 생각합니다. 이미 헤이론 왕국과 아레아 공국은 더 이상 협조를 할 수 없는 사이이니 이때를 이용하시면 왕국에 이득이 있을 것입니다."

국왕은 헤이론 왕국을 병합하는 생각을 하게 되었다.

전쟁이 두렵기는 하지만 기회가 자주 오는 것이 아니라는 것을 모르는 사람은 아니었다.

레스트 공작 때문에 소심한 모습을 많이 보여 주었지만 원래는 국왕도 당차고 똑똑한 사람이었다.

워낙에 주눅이 들어 그렇게 보였던 것이다.

"흠, 헤이론 왕국에 대한 정보를 최대한 모아 보시오. 전쟁에서 승리를 하기 위해서는 정보를 반드시 얻어야 하니 말이오."

"예, 폐하."

국왕의 허락을 받은 귀족은 힘차게 대답을 하였다.

친제국파에 속한 귀족들만 그런 것이 아니라, 다른 귀족들도 헤이론 왕국에 복수를 하고 싶은 마음이 간절하였기 때문에 그냥 보고 있었다.

자신들도 왕국의 귀족이었기에 헤이론 왕국에 당한 서러움이 잊혀지지가 않아서였다.

바이탈 왕국의 입장에서는 사실 전쟁을 하려고 한 것도 아니었기에 이런 생각을 하는 것도 무리가 아니었다.

마지막에는 국왕파의 귀족들이 모두 힘을 합쳐 레스트 공작을 공격하였기 때문에 배상은 하지 않아도 된다고 생각하였지만, 당시에는 왕국의 전력을 동원해도 이길 수가 없는 존재가 있었기에 어쩔 수 없이 배상금을 주게 되었다.

왕국이 멸망할 수도 있으니 국왕과 귀족들이 피눈물을 흘리며 배상금을 마련해 주면서 속으로 이를 갈았다.

그런 바이탈 왕국이었기에 브레인과 사이가 벌어지자 바로 복수를 하려고 하였던 것이다.

하지만 브레인이 헤이론 왕국과 사이가 안 좋아지자 아티팩트를 노리려고 하는 왕국들이 더 늘어나고 있었다.

아레아 공국으로 통하는 길은 지금 헤이론 왕국으로 가는 길이 유일하였기 때문에 다른 왕국들도 헤이론 왕국과 전쟁을 하여서라도 브레인이 가지고 있는 아티팩트를 노리려고 하였다.

"군부는 만약에 헤이론 왕국과 전쟁을 하게 되면 절대 패전을 하지 않도록 만반의 준비를 하도록 하시오."

"브레인 공왕이 참전을 하지 않는다면 절대 패전은 없을 것입니다. 폐하."

"아레아 공국이 참전을 할 것 같으면 나도 전쟁을 할 생각이 없으니 아레아 공국의 정보를 최대한 모아 보시오. 지난 전쟁에서 받은 설움을 이번에 확실하게 풀어야 하지 않겠소."

국왕은 지난 전쟁에 받은 설움을 잊지 않고 있었다.

이는 귀족들도 마찬가지의 입장이라 그런지 모두가 그 말에는 분노의 눈빛을 나타냈다.

"걱정하지 마십시오. 아레아 공국에 대한 정보를 최대한 모으겠습니다."

"이번 전쟁에서는 반드시 승리를 하여 헤이론 왕국을 우리 왕국의 영토로 만들어 드리겠습니다."

바이탈 왕국의 국력이 약해지기는 했지만 아직도 저력은 남아 있었다.

이는 귀족파 중에서도 레스트 공작을 따르지 않는 귀족들이 있어서 가능했다.

레스트 공작은 능력은 있지만 조금은 독선적인 성향을 가진 인물이라 귀족들이 알아서 따르는 척하였던 것이다.

그러니 전쟁이 발생하고, 국왕파에 항복을 한 귀족들이 더 많았을 정도로 귀족들의 불만이 많았던 인물이었다.

바이탈 왕국에서는 헤이론 왕국과 전쟁을 하기 위해 음모를 꾸미고 있었다.

브레인이 가지고 있는 아티팩트에 대한 소문이 대륙 전

체에 번지기 시작하면서 아레아를 노리는 시선들이 많아지고 있었다.

아레아 공국은 그런 사정을 알고 있는지 모르고 있는지, 병사들과 기사들을 강하게 만들기 위해 노력을 하고 있었다.

"너희가 병사라고 생각지 마라. 이제부터는 너희도 기사가 될 수 있는 조건을 받은 것이라고 생각하고 최선을 다해 노력을 해라. 너희들이 배운 마나 호흡법은 대단히 뛰어난 것이기 때문에 스스로 노력을 하기만 하면 기사가 될 수도 있는 좋은 것이다."

병사들의 수련을 책임지고 있는 기사의 말에 병사들도 마음이 설레고 있었다.

대륙 어디를 가도 병사들에게 마나 호흡법을 전해 주는 나라는 없었다.

그런데 이번에 공왕 전하께서는 병사들에게도 마나 호흡법을 전해 주라는 지시를 하였고, 병사가 스스로의 능력으로 익스퍼트가 되면 기사가 될 수 있는 길을 열어 주었다.

이는 병사들에게 새로운 희망을 주었고, 지금도 땀을 흘리며 노력을 하게 만드는 계기가 되었다.

"열심히 하겠습니다, 기사님."

"당연히 노력을 해야 한다. 공왕 전하께서 기대를 하시고 계시니 절대 기대를 저리지 말기를 바란다."

기사의 말에 병사들의 마음은 뜨거워지고 있었다.

아레아 공국은 아리스 상단의 도움으로 수도와 각 위성 도시를 만들고 있었다.

아리스 상단은 대대적인 기술자들을 불러들여 건축을 하게 하였고, 그 자재도 충분히 공급을 하고 있었다.

아리스 상단이 대륙 제일의 상단이라는 이름을 얻은 이유를 느끼게 하고 있었다.

"어서어서 물건을 내려라."

"예, 내리고 있습니다."

상단의 일꾼들은 부지런히 물건을 옮기고 있었다.

아레아 공국의 건축에 아리스 상단이 참여를 하는 바람에 하루가 다르게 건물들이 생기고 있었다.

공국의 가장 중요한 왕성이 가장 먼저 만들어졌고, 브레인은 만들어진 왕궁을 보며 감탄을 하고 있었다.

"대단한 상단이라는 말밖에 할 말이 없네. 불과 세 달이라는 시간 만에 이런 궁을 지을 것이라고는 생각도 못했는데 말이야."

"공왕 전하, 아리스 상단의 저력이 놀랍습니다. 올해 안에 나머지 도시들의 공사도 모두 마칠 수가 있을 것입니다."

"아이론 백작이 보기에도 그렇게 보이나?"

"예, 아리스 상단의 힘이 놀랍기만 합니다."

"대륙 제일의 상단이라는 이름을 거저 얻은 것은 아니라는 생각이 드는군."

브레인은 아리스 상단의 업적이 놀라워서 하는 말이었다.

아리스 상단이 공국에 도움을 주게 되면 자신이 원하는 나라를 만드는 것도 그리 어렵지 않을 것 같았다.

"아이론 백작은 아리스 상단과 접촉을 잘해서 공국에 도움이 되는 상단으로 만들어 보게."

아이론 백작도 브레인이 무슨 생각으로 그런 말을 하는지를 알고 있기에 군소리 없이 바로 대답을 하였다.

"걱정하지 마십시오. 아리스 상단을 앞으로 우리 공국의 일에 선두에 서도록 해 보겠습니다."

아이론 백작은 아리스 상단의 힘을 보고는 아주 마음에 들어 했다.

저런 상단이 공국에 도움이 되면 얼마나 많은 발전이

있을지를 생각만 해도 기분이 좋아졌다.

브레인과 아이론 백작은 그렇게 아리스 상단을 이용하여 공국을 발전시키려고 하였다.

브레인이 지급을 한 보석으로 공국으로 짓고 있었지만 상단주는 자신이 받은 금액이 건축을 하고도 남는다는 것을 알고 있었다.

상단의 이름이 대륙에 알려지게 된 이유가 바로 신용을 지켜서였기에 아리스 상단은 철저하게 신용을 지키는 그런 상단이었다.

아리스 상단주는 남은 금액에 한해서는 공국에 필요한 물품을 조달하려고 하고 있었다.

"건축은 어찌 되고 있는가?"

"잘하면 올해 안에 모든 건설을 마칠 수가 있을 것입니다."

"아레아 공국은 새롭게 나라를 만드는 입장이니 하루라도 빨리 건설을 마쳐야 할 것이야."

"최대한 노력을 하고 있습니다, 상단주님."

"그리고 공국에 필요한 물품은 준비를 하고 있는가?"

"예, 아직 건설을 마치지 않았기에 창고에 보관을 하고 있는 중입니다. 도시 건설을 마치면 바로 지급을 하려고 합니다."

아레아 공국은 아직도 유랑민들이 모두 도착을 한 것은 아니었다.

유랑민들은 공국의 방침에 따라 자신들의 집을 짓고 있었고, 일부는 아리스 상단의 건설에 고용이 되었다.

헤이론 왕국에서는 유랑민들을 잡아 보내고는 있지만 왕국에 있는 모든 유랑민을 보내는 일이라 많은 시간이 걸렸다.

그런 헤이론 왕국의 사정 때문에 아레아의 입장에서는 오히려 도움이 됐다.

한 번에 많은 인구가 몰리게 되면 감당을 할 수가 없는데, 이렇게 순차적으로 인구를 보내 주니 건설의 부족한 인력도 보충을 하고, 공국의 입장에서는 아주 효율적으로 일을 처리할 수가 있었다.

"우리 상단의 모든 역량을 발휘하여 아레아 공국에 물품을 내주어야 한다. 이번 기회에 대륙 제일의 상단인 아리스 상단의 힘을 보여 줄 필요가 있으니 말이다."

"이미 각 지점에 연락을 해 두었으니 그리 문제는 없을 것입니다. 다만 시간이 조금 부족하지 않나 싶습니다."

"최대한 시간을 맞추어야겠지."

"알겠습니다, 상단주님."

아리스 상단도 아레아 공국에 최대한 신경을 쓰고 있었다.

자신들은 이미 모든 대금을 받은 상태였기에 이제는 자신들의 힘을 보여 줄 필요가 있었다.

아리스 상단의 노력으로 아레아 공국은 하루가 다르게 발전을 하고 있었고, 이는 병사들과 기사들에게도 기쁨을 주고 있었다.

기사들과 병사들의 가족은 엔더슨과 함께 이동을 하였기 때문에 아직도 천막에서 단체 생활을 하고 있었다.

브레인은 그런 병사들의 가족들을 보고는 최대한 빨리 집을 지어 주도록 지시를 하였고, 아리스 상단도 최선을 다하여 노력을 하였지만 아직은 시간이 부족하여 절반의 성공만 보여 주고 있었다.

"최대한 빨리 완성을 해야 할 텐데."

아리스 상단주는 브레인이 지급한 보석을 보고 보통의 인물이 아니라는 것을 직감적으로 느끼고 있었다.

한 나라의 왕이라면 보통의 사람과는 달랐지만, 브레인은 다른 정도가 아니라 자신이 감당할 수 없는 인물이라는 생각이 들 정도였다.

그래서 상단의 모든 힘으로 아레아 공국에 매달리고 있었다.

"아버님, 우리 상단의 전력이 여기를 지원하고 있으니 너무 걱정하지 마십시오."

"알고 있다. 하지만 걱정이 되는구나. 마무리를 하고 전쟁이 일어나야 하는데 말이다."

아리스 상단은 대륙 제일의 상단이라는 이름에 걸맞게 정보에 대해서는 상당히 빨랐다.

헤이론 왕국에 대한 각 나라의 반응에 전쟁을 하려고 하는 것을 감지하고는 최대한 빨리 아레아 공국의 일을 마무리하려고 하는 중이었다.

아직 상단의 정보를 아레아 공국에 알리지는 않았지만 시간이 지나면 알게 되기 때문에 지금 정보를 알려야 하는지를 고민하고 있는 중이었다.

"전쟁을 시작하지도 않았으니 아직은 모르는 일이지 않습니까."

아들의 말에 상단주는 바로 얼굴에 짜증이 나는 표정이었다.

"야, 이놈아. 전쟁이 우리가 원하면 되고, 원하지 않으면 되지 않는 것이냐? 전쟁이라는 것은 각 나라의 이득이 있기 때문에 벌어지는 것이다. 즉, 왕국의 이득이 있다면 이는 내일이라도 전쟁이 일어날 수도 있다는 말이다."

상단주의 말에 이해는 가지만 해석이 되지 않는 아들이었다.

아들도 상인의 길을 걸은 지 벌써 십 년이라는 세월이 지났지만 아직은 세상을 보는 눈이 부족하기만 했다.

상단주는 그런 아들을 보며 못마땅한 얼굴을 하였다.

'아버지는 아직도 내가 어려 보이는 것인가? 이제는 당당한 상인이라고 할 수 있을 정도로 자랐는데도 아직 인정을 해 주시지 않는구나.'

아들은 불만이 있었지만 감히 아버지의 앞에서 불만을 말할 수는 없는지 속으로만 삼키고 있었다.

상단주는 그런 아들의 얼굴을 보며 한심하다는 표정을 지었다.

"쯧쯧. 아직 세상이 어떻게 돌아가는지를 모르니 나의 말이 기분 나쁘지?"

"아…… 아닙니다, 아버지."

"상인이라는 것이 물건만 잘 판다고 해서 얻어지는 이름이 아니다. 상인에게 남는 것은 결국 사람이라는 것을 명심해라."

아리스 상단주는 아들에게 그렇게 말을 하고는 다른 곳
으로 갔다.

아들은 아버지의 말이 아직도 이해가 가지 않는다는 표
정을 짓고 있었다.

5.
헤이론 왕국의 위기

바이탈 왕국은 아레아 공국에 대한 정보를 최대한 모았고, 그동안 군부는 전쟁을 위한 준비를 착실하게 하였다.

아직은 지난 전쟁에 잃은 것이 많아 부족하기는 하지만 그래도 바이탈 왕국의 저력은 상당하였는지 다시 한 번의 전쟁을 할 수 있는 힘은 가지고 있었다.

"폐하, 아레아 공국의 브레인 공왕과 헤이론 왕국의 국왕의 사이가 소문대로 좋지 않다고 합니다."

"그러면 정보가 사실이라는 말인가?"

"그렇습니다. 아레아 공국에 지원을 하기로 한 것도 제대로 해 주지 않아 아레아 공국의 불만이 대단하다고 합니다. 헤이론 왕국에서는 아레아 공국을 독립시키고는 바로 공국의 입구에 국경을 만들었다고 합니다."

"허어, 왕국의 영웅을 그렇게 대하고 있다니 이해가 가지 않는군."

"그렇습니다. 국왕은 아마도 브레인 공왕의 힘이 두려워 공국으로 독립을 시킨 것 같습니다. 아티팩트가 탐이 나기는 하지만 브레인 공왕의 힘을 무서워하고 있다고 합니다."

바이탈 국왕은 지난 전쟁에서 보여 준 브레인의 힘을 생각하고는 자신도 모르게 부르르 몸을 떨었다.

실지로 개인의 무력도 대단하지만 그 가신들의 힘을 생각하면 두렵지 않을 수가 없었다.

브레인이 그런 힘을 가지고 있기 때문에 바이탈 왕국이 배상을 해주었으니 말이다.

"그렇다면 확실히 아레아 공국과 헤이론 왕국은 사이가 좋지 않다는 말이지?"

"그렇습니다. 아레아 공국은 아리스 상단에게 엄청난 금액의 보석을 지급하여 공국을 건설하고 있는 중입니다. 이는 확실한 정보입니다. 폐하."

아레아 공국이 아리스 상단에 지급한 보석 중에 한 개

를 경매로 처분을 하였고, 아리스 상단은 보석의 출처를 아레아 공국이라고 밝혀서 아레아 공국의 금력이 상당하다는 소문이 나 있었다.

바이탈 왕국의 정보원은 그런 사실을 확인하였고, 보고를 하였던 것이다.

"그러면 아레아 공국은 자력으로 공국을 만들고 있다는 말인가?"

"그렇습니다. 헤이론 왕국에서 지원을 해 주는 것은 유랑민들과 약간의 식량이 전부라고 합니다."

국왕은 보고를 듣고는 브레인이 결코 헤이론 왕국을 지원하지 않을 것이라는 생각이 들었다.

"그래, 좋은 정보이기는 하지만 만약에 우리가 전쟁을 시작하게 되면 헤이론 왕국을 지원하는 것은 아니겠지?"

바이칼 왕국의 국왕이 가장 걱정하는 것이 바로 브레인이 헤이론 왕국을 지원하는 것이었다.

전쟁을 시작했는데 갑자기 브레인의 마음이 바뀌어 지원하기로 하는 날에는 바이탈 왕국의 국운이 무너지는 날이었기 때문에 국왕도 신중을 기하고 있었다.

"국왕 폐하, 아레아의 사정을 보니 헤이론 왕국에 지원을 할 생각이 없다고 판단이 되었습니다. 아레아 공국에서는 헤이론 왕국의 지원에 여러 차례 부당함을 알렸지만, 국왕이 이를 받아들이지 않았다고 합니다. 그래서 결국 아리스 상단에 엄청난 금액인 보석을 주며 공사를 하라고 하였으니, 헤이론 왕국에 전쟁이 일어나도 결코 참전을 하지 않을 것입니다.”

바이탈 왕국의 정보부도 아레아 공국에 대한 정보를 최대한 모았고, 판단을 내린 결과였다.

바이탈 왕국의 입장에서는 이번 전쟁에 사활을 걸고 있는 것이라 최대한 브레인의 행보에 신경을 쓸 수밖에 없었다.

그리고 국왕은 이번 전쟁에 카이라 제국의 지원을 약속받았기에 솔직히 브레인만 아니라면 충분히 승산이 있다고 생각하고 있었다.

‘흐흐흐, 브레인 공왕만 아니라면 우리의 승리가 확실하지.’

국왕은 카이라 제국의 지원에 처음에는 말도 안 된다는 생각을 하였지만, 지난 전쟁에 카이라 제국의 기사단이 전멸하여 제국의 이름에 먹칠을 한 것을 들먹이며 이번 전쟁에 아무 조건 없이 지원을 하기로 서류의 사인까지 받은 상태였기에 조금은 마음이 편해졌다.

카이라 제국의 미첼 공작가는 레이몬드의 의견을 받아들여 이번 전쟁에 공작가의 힘과는 상관없이 약간의 금전으로 기사들을 모을 수가 있었다.

"공작 전하, 바이탈 왕국이 전쟁을 한다고 해도 그 전력이 부족할 수도 있으니 제국에 남아도는 기사들을 모아 지원을 하는 것은 어떻습니까?"

"제국의 기사들을 지원하자는 말인가?"

"예, 제국에는 지금 기사들이 남아돌고 있습니다. 이들에게 공을 세울 기회를 주어 기사단에 들 수 있게 해 준다면, 그리 힘들지 않게 기사들을 모을 수가 있을 것입니다."

카이라 제국은 기사의 힘이 강한 나라였기에 제국 내에 기사가 되고 싶어 하는 지망생들이 넘쳐 나고 있었다.

일부 기사들은 아직 기사단에 속하지도 못하고 있을 정도로 기사들이 넘쳐 나고 있는 나라였다.

그렇게 강한 전력을 가지고 있으니 제국을 두려워하고 있는 것이지만 말이다.

"흠, 우리 가문의 기사단에 들기를 원하는 기사들이 많기는 하지. 그런데 기사들을 받아들여 전쟁에 승리를 하면 기사단에 입단을 시켜야 하는데, 문제가 되지 않겠나?"

미첼 공작은 실력이 없는 기사들로 기사단을 만들고 싶지 않아 하는 말이었다.

"이번 전쟁을 바이탈 왕국과 헤이론 왕국만의 전쟁이 아닌, 다른 왕국들도 전쟁에 참여를 시키려고 합니다. 그래야 원하시는 것을 얻을 수가 있으니 말입니다."

레이몬드는 이번 전쟁을 크게 만들려고 하고 있었다.

대륙 전쟁에는 미치지 못하지만 그에 준하는 전쟁을 하게 하여 헤이론 왕국과 아레아 공국도 이 전쟁에서 빠져나가지 못하게 하려는 의도였다.

아레아 공국의 힘은 이미 대륙에 소문이 나 있는 상태였기에 일개 왕국의 힘으로는 절대 상대가 되지 않다는 것을 알고 있으니, 한 개의 왕국으로는 절대 전쟁에 참전을 하지 않으려고 할 것이라는 것을 알기에 이렇게 판을 크게 짜려고 하였다.

"아티팩트를 노리는 나라가 그렇게 많겠나?"

미첼 공작은 약간 의심스러운 눈빛을 하며 레이몬드를 바라보았다.

실지로 아티팩트가 대단하기는 하지만 미첼 공작이 생각하기에도 그 주인이 움직이지 못하는 물건이라면 이는 그리 탐을 낼 만한 물건은 아니라는 생각이 들어서였다.

고대 유물 중에서 그보다 더 좋은 물건들이 제국에도 있기 때문이었다.

단지 특이하게 몬스터를 물리치는 물건이라는 것이 특색이기는 했지만 말이다.

"아티팩트도 대단하기는 하지만 가장 중요한 것은 무적 기사단을 이기는 것입니다. 대륙에 소문이 나기를, 무적 기사단은 대륙 제일의 기사단이라는 명성을 얻었습니다. 그런 기사단을 이길 수 있다면 이는 다른 왕국에서도 충분히 전쟁에 참전을 할 수 있는 명분이 되기도 하니 말입니다. 물론 아티팩트는 덤이라고 생각하시면 됩니다."

레이몬드의 말에 미첼 공작은 속으로 많은 생각을 하게 되었다.

테니 백작이 자신이 참모로 있기는 하지만 지금 자신의 눈앞에 있는 레이몬드가 더욱 뛰어나 보였다.

생각하는 것도 자신의 마음에 들었고, 생각하는 것이 자신이 무엇을 원하는지를 알아서 찾아 주는 타입이라 자신을 흡족하게 해 주었기 때문이다.

"다른 왕국들이 그렇게 쉽게 전쟁에 참전을 할까?"

미첼 공작은 속의 마음과는 다르게 레이몬드에게 물었다.

"그렇게 만드는 것이 저의 능력입니다. 공작 전하."

"그대의 능력이라⋯⋯."

미첼 공작이 약간 뜸을 들이자 레이몬드는 다급해지는 얼굴이 되었다.

"공작 전하, 소신에게 기회를 주십시오. 절대 후회가 없게 하겠습니다."

레이몬드의 말에 미첼 공작은 속으로 미소를 지었다.

'크크크. 그렇게 나와야지.'

미첼 공작은 레이몬드의 태도가 너무 마음에 들었다.

"이번에는 확실히 아레아 공국의 브레인 공왕과 무적 기사단을 죽을 수 있는가?"

미첼 공작은 무적 기사단과 브레인에 대한 복수를 해 주고 싶었다.

자신의 기사단을 전멸시킨 브레인에게 복수를 하고 싶었지만 제국의 눈치가 있어 행동으로 옮기지 못하였다. 하지만 마음속으로는 항상 복수를 하려는 마음을 가지고 있었다.

"책임지고 해결을 하겠습니다, 공작 전하."

레이몬드는 이번이 자신에게는 마지막 기회라고 생각하고 있었다.

어차피 이번 일에 실패를 하게 되면 자신의 자리는 없을 것이기 때문에 미첼 공작에게 최대한 자신을 보여 줄 필요가 있었다.

미첼 공작은 그런 레이몬드를 잔잔한 눈빛으로 보았다.

"이번 계획의 책임자로 일을 해 보게. 하지만 나에게 실망감을 주면 그에 대한 책임이 따를 것이야."

"감사합니다, 공작 전하."

레이몬드는 희열을 느끼고 있었다.

드디어 자신의 복수를 할 수 있겠다는 생각이 들어서였다.

레이몬드가 자신의 왕국의 배신자가 되었으면서도 미첼 공작가에 남아 있었던 이유가 바로 브레인에 대한 원한을 갚고 싶어서였다.

자신의 능력으로는 브레인에게 원한을 갚을 수 있는 방법이 전무했기에 미첼 공작가의 힘을 이용하여 복수를 해 주고 싶었던 것이다.

그런데 이번에 그런 기회가 자신에게 찾아왔기에 레이몬드의 마음이 온통 흔들리고 있었다.

'드…… 드디어 나에게도 기회가 왔다. 절대 이 기회를 놓치지 않을 것이다.'

레이몬드는 이번 기회에 확실하게 복수도 하고, 자신의

능력을 보여서 미첼 공작에게 인정을 받고 싶었다.

미첼 공작은 그런 레이몬드를 그냥 담담한 눈빛으로 보고만 있었다.

'제법 능력이 있는 것 같으니 두고 보면 알겠지.'

미첼 공작은 능력이 있는 인재를 그냥 보고만 있는 사람이 아니었기에 레이몬드가 이번 일을 처리하는 것을 보고 결정을 하기로 마음을 먹고 있었다.

카이라 제국의 미첼 공작이라는 이름이 대륙에 미치는 영향력은 상당했다.

미첼 공작으로부터 이번 일에 대한 전권을 받은 레이몬드는 우선 대륙에 남아 있는 각 공국을 먼저 목표로 삼았다.

"제리알 공국과 가윈 공국, 그리고 비스터 공국이 헤이론 왕국과 전쟁을 하게 만들어야 한다. 정보를 책임지고 있는 요원들이 각 공국의 고위 귀족을 포섭하여 작전을 해야 한다는 것을 명심하기 바란다."

"무슨 말씀인지는 알겠습니다. 그런데 바이탈 왕국에서는 이미 전쟁에 대한 준비를 하고 있는 것 같습니다."

"바이탈 왕국도 헤이론 왕국에 좋은 감정을 가지고 있지 않으니 당연히 전쟁을 하고 싶어 할 것이다. 하지만 바이탈 왕국의 국왕도 우리 제국이 도움을 주기로 하였기 때문에 전쟁의 승리를 장담하고 있는 것이다. 이 점을 확실히 해서 조금 시간을 끈다면 크게 상황이 변하지는 않을 것이다. 그러니 정보를 이용하여 시간을 끌어라."

"알겠습니다."

레이몬드는 정보를 이용하여 상황을 조율하고 있었다.

그리고 실질적으로 움직이는 요원들에게 공국에 포섭이 되어 있는 귀족들을 이용하여 고위 귀족을 설득하려고 하고 있었다.

공국의 입장에서는 아레아 영지에 대한 욕심이 왕국보다는 강하기 때문에 충분히 가능한 일이었다.

공국의 영지는 작고, 왕국으로 올라서고 싶은 욕심은 강했지만 힘이 없어 결국 아직도 공국으로 남아 있는 실정이었다.

그들에게 힘이 있었다면 벌써 왕국으로 만들었을 테지만, 아직도 그들의 힘은 다른 왕국에 비해서는 약한 그런 나라였다.

레이몬드는 그런 공국들의 욕심을 이용하여 전쟁에 참전을 하게 만들려고 하였다.

공국의 욕심을 이용하여 전쟁에 참전하게 만들면 다른

왕국들도 개입을 하게 만들기가 쉬웠기 때문이다.

각 나라는 명분이 없어 그렇지, 속으로 새로운 아티팩트에 대한 욕심이 가득하였기 때문이다.

레이몬드는 그런 나라들에 불을 지르려고 하였다.

대륙 전쟁이라는 것이 별거인가?

결국 각 나라의 이득을 얻기 위해 일어나는 것이 전쟁이었기에 레이몬드는 이 점을 이용하여 이들이 모두 전쟁을 하게 만들려고 하고 있었다.

일부 나라에는 특단의 대처법이 있기도 했고 말이다.

카이라 제국의 레이몬드가 이렇게 은밀히 대륙 전쟁에 대한 음모를 진행시키고 있었다.

아레아 공국에는 오늘도 유랑민들이 공국의 입구로 들어오고 있었다.

와글와글.

시끌벅적.

"여기에는 우리를 사람처럼 살게 해 줄까?"

"브레인 공왕 전하는 영웅이라고 하니 조금 다르다고는 하지만 아직 모르지. 우리 같은 유랑민들은 죽어도 문제가 없으니 말이야."

유랑민들은 아레아 공국으로 오면서도 걱정스러운 얼굴이었다.

유랑민들은 영지의 노예나 마찬가지의 대접을 받는 것이 보통이었다.

그런 유랑민들은 아레아 공국으로 와도 같은 대접을 받을 것이라는 생각을 가지고 있었기 때문이다.

유랑민을 인솔하는 병사들은 이들의 생각을 알고 있는지 입가에 미소를 지으며 이들을 안심시키고 있었다.

"아레아 공국으로 온 것을 환영합니다. 이제부터 여러분은 아레아 공국의 사람이 되었고, 그에 따라 신분은 모두 평민이 되었으니, 그렇게 알고 협조를 부탁드립니다."

병사들의 말에 유랑민들은 어리둥절한 얼굴을 하며 수군거렸다.

"우리가 평민이 되었대."

"나도 들었는데, 우리가 아레아 공국의 정식 시민이 되었다고 하는구나."

"엄마, 우리도 이제 평민이 되는 거야?"

"그렇다는구나. 흑흑."

유랑민들은 정식으로 시민이 되었다는 것에 기쁨의 눈물을 흘리고 있었다.

일부 유랑민은 혹시나 하는 불안한 마음을 가지고 아직
도 눈동자를 굴리고 있었다.

유랑민이라는 존재는 죽어도 누구에게 하소연도 하지
못하는 존재였기 때문이다.

이들은 그런 생활을 해 왔기에 병사들의 말을 듣고도
불안한 마음을 버리지 못하고 있었다.

아레아 공국에 먼저 들어온 유랑민들은 이미 정착을 하
고 있었지만 아직도 완전한 정착민이 되지는 못하고 있었
다.

브레인은 유랑민들이 완전히 정착을 하기 위해서는 지
속적인 광고가 필요하다고 생각하고는 병사들에게 유랑민
들에게 부드럽게 대해 주라는 지시를 내렸다.

아직은 이들이 공국의 사람이 아니라는 것을 강조하면
서 안정을 찾도록 하라는 말이었다.

유랑민들이 병사들의 통제에 따라 이동을 하였고, 국경
성이 된 요새에서는 알렝 자작이 그런 유랑민들을 보고
있었다.

"영주님, 유랑민들을 모두 아레아 공국에 인계를 하였
습니다."

"나도 보이네. 유랑민들을 아레아 공국의 사람으로 받

아들이는 것은 이해가 가지만, 브레인 공왕 전하가 왜 저렇게까지 하는지를 알 수가 없네."

알렝 자작은 나라를 세우는 것은 이해가 가지만, 아무것도 벌판에 겨우 유랑민을 받아들여 나라를 세우는 것이 이해가 가지 않았다.

아레아를 통하는 길은 유일하게 이곳이었고, 그렇다면 여기를 폐쇄하게 되면 아레아로 갈 수 있는 길은 없다는 말이었기 때문이다.

"브레인 공왕 전하는 다른 분들과는 조금 다른 분이신 것 같습니다. 저희들도 아레아를 보면서 이해가 가지 않는 점이 많습니다. 공국이라고 해도 최소 인구가 백만은 넘어야 하는데, 우리 왕국에 유랑민들이라고 해도 삼백만이 전부라고 들었습니다. 그런 적은 인구로 나라를 만드는 것이 좋은 것인지를 모르겠습니다."

삼백만의 인구로 나라를 만드는 것이야 문제가 되지 않겠지만, 문제는 그런 적은 인구로 만든 나라가 얼마나 가겠느냐는 것이 이들의 걱정거리였다.

지금이야 브레인과 가신들이 있으니 문제가 없다고 해도, 후대에는 지금과는 다른 상황이 될 수도 있었기 때문이다.

알렝 자작은 브레인이 하는 일을 걱정스러운 눈빛으로 보고 있었다.

헤이론 왕국의 수도에서는 국왕과 귀족들이 모여 열띤 논쟁을 벌이고 있었다.

"폐하, 유랑민들을 모아 보내는 것도 다음 달이면 거의 마무리가 될 것 같습니다."

"아레아 공국에서 다른 말은 없소?"

"저희도 힘들다고 하는데 다른 말을 할 수가 있겠습니까."

브레인은 처음의 약속과는 다르게 지원을 하지 않는 왕국에 항의를 하였다.

국왕도 브레인이 저러다가 전쟁이라도 하겠다고 하면 어쩌나 하는 마음도 들었지만, 자신이 하기로 한 약속만 지키면 되기 때문에 브레인의 항의를 무시하고 있었다.

브레인이 두려운 존재이기는 하지만 자신이 약속을 지키기만 하면 아무리 브레인이 강력한 힘을 가지고 있다고 해도 귀족들의 반발을 사게 될 것이라는 생각에서였다.

브레인이 처음에 국왕과 약속한 것은 바로 영지를 얻게 되면 그에 따른 인구와 식량이었다.

물론 일부 물품도 포함이 되었지만 물품에 대해서는 사실 두루뭉술하게 이야기를 하였기 때문에 주지 않아도 문제의 소지는 없는 상황이었다.

그러니 자신이 한 약속을 어긴 것은 없다고 생각하고 있었다.

인구도 적은 인원이 아닌 삼백만이라는 인구를 보내 주고 있었고, 식량도 지원을 하고 있었다.

중간에 귀족들이 장난을 조금 치는 바람에 식량이 좋지 않은 것으로 가고는 있지만 먹지 못할 정도는 아니었다.

국왕은 그런 상황까지는 모르고 있었기에 자신은 약속을 지키고 있다고만 믿고 있었다.

"유랑민들을 최대한 빨리 모아 보내도록 하시오. 그리고 식량은 어찌 되고 있소?"

"식량은 이미 준비가 되었습니다. 다음 유랑민들이 갈 때 함께 보내면 될 것 같습니다."

"식량이 부족하지는 않소?"

국왕은 식량 가지고 브레인의 성질을 건드리고 싶지는 않았다.

먹을 것이 없으면, 이는 앞뒤 보지 않고 자신을 공격할 수도 있다는 생각이 들어서였다.

이는 귀족들도 같은 생각이었기에 먹는 식량만큼은 확실하게 양을 줄이지 않고 보내고 있었다.

약간의 문제가 있지만 이는 충분히 이해를 시킬 수가 있는 문제였다.

"그런데 폐하, 바이탈 왕국의 움직임이 조금 이상하다는 보고가 있었습니다."

"바이탈 왕국의 움직임이라는 것이 무슨 소리요?"

"일부 군이 국경이 있는 부근으로 이동을 하고 있다고 합니다. 무언가 이상한 조짐이 있는 것 같습니다."

헤이론 왕국의 국왕은 바이탈 왕국과 전쟁을 해 보았기 때문에 이제는 바이탈 왕국 정도는 충분히 이길 수 있다는 자신감을 가지고 있었다.

이들은 브레인이 전쟁에서 얼마나 많은 고생을 하며 병사들을 살리려고 하였는지는 모르고 있었다.

전쟁에 승리를 한 브레인에게 영광이 가기는 했지만, 자신들의 힘이 있기 때문에 가능한 일이라고 생각하고 있었다.

국왕도 귀족들이 하도 그렇게 말을 하니 이제는 당연히 바이탈 왕국 정도는 무시를 하고 있었다.

"우리 왕국과 바이탈 왕국이 전쟁을 할 수 있을 것

같소?"

"지난 전쟁에 패전을 한 바이탈이 다시 전쟁을 하려고 하지 않을 것입니다. 저들에게는 우리를 상대할 힘이 없습니다. 폐하."

바이탈이 지난 전쟁으로 자신들의 절반에 해당하는 전력을 잃었기에 귀족들은 전쟁을 하지는 않을 것이라고 생각하였다.

"바이탈의 움직임을 주시는 해야겠지만 너무 지나치게 저들의 움직임에 민감하게 대응할 필요는 없다고 보오."

국왕도 바이탈이 전쟁을 하려고 하지는 않을 것이라는 생각을 가지고 있었다.

군이 움직이는 것은 평시에도 있는 일이었기에 조금 민감하게 이를 받아들이고 있다고 생각하는 국왕이었다.

귀족들도 국왕의 생각과 비슷한지 고개를 끄덕였다.

바이탈 왕국의 전력이 예전과 같다면 군의 움직임에 민감해질 수도 있겠지만, 지금은 그렇게 민감하게 받아들이지 않아도 된다는 판단이 들어서였다.

"알겠습니다, 폐하."

"바이탈 왕국은 그렇다고 치고, 아레아 공국이 이번에 엄청난 예산을 들여 공국의 도시를 만들고 있다고 하는데,

어찌 생각하시오?"

헤이론 왕국의 귀족들도 귀가 있기 때문에 아리스 상단이 아레아 공국에 얼마나 많은 자금을 투자하고 있는지를 알고 있었다.

대부분이 건축에 필요한 자재들이었고 기술자들이었지만, 이는 공국을 건설하고도 남을 정도의 양이었다.

"저도 아리스 상단이 경매에 처분을 한 보석을 보고 대단하다고 생각하고 있었습니다. 브레인 공왕이 그 정도의 보석을 가지고 있을지는 상상도 하지 못했습니다."

"브레인 공왕이 가지고 있는 재력이 많으면 아레아 공국의 발전이 빨라지지 않겠소?"

국왕과 귀족들이 아레아를 지원하지 않은 것은 바로 아레아가 힘들어지기를 원해서였다.

이들은 아레아가 경제적으로 힘들어져서 자신들에게 구걸하게 만들려고 하였는데, 그 계획은 처음부터 힘들게 되었기 때문이다.

그렇다고 아레아를 통하는 길이 왕국뿐인데 그 길을 막을 수도 없는 일이었다.

아레아에서 브레인과 그 가신들이 언제든지 자리를 박차고 나올 수가 있기 때문이었다.

아레아로 간 병사들도 무시를 할 숫자가 아니었기에 국왕과 귀족들이 지원을 하지 않지만 스스로 발전하는 것을 막을 수는 없는 일이었다.

그래서 아리스 상단이 지원하는 것을 눈으로 보고도 막지 못하고 있는 실정이었다.

"폐하, 아레아가 반전하는 것은 아직 요원한 일입니다. 이제 건축을 하는 것이고 도시를 만드는 단계이니, 아무리 빨라도 십 년은 걸리는 일입니다."

"십 년이라는 시간이 지나면 아레아가 우리 헤이론 왕국보다도 발전을 하게 될지도 모른다는 말이지 않소."

국왕은 아레아를 잠재적인 적국으로 분류를 하고 있었다.

브레인과의 약속을 어기지는 않았지만, 그렇다고 잘 지키지도 않았기 때문에 서로가 감정이 좋지 않다는 것을 알고 있어서였다.

헤이론 왕국의 힘이 브레인의 힘과 비교를 해도 결코 약하지는 않지만 문제는 군대는 사기인데, 그 사기를 주는 지휘관이 브레인이라는 것이 문제였다.

왕국에서는 영웅으로 대접을 받고 있는 브레인이었기에 전쟁을 한다고 해도 승산이 없어 보였다.

브레인과 전쟁을 하라고 하면, 병사들이 모두 도망을 먼저 생각할 것 같아서였다.

"폐하, 아레아 공국의 공왕인 브레인 공왕이 있는 한, 헤이론 왕국이 넘보기에는 무리가 있는 것도 사실입니다. 브레인 공왕을 따르는 가신들이 누구인지를 기억하시지 않습니까."

귀족들의 말에 국왕도 금방 이해를 했다.

브레인을 따르는 마스터들과 고서클의 마법사가 생각나서였다.

엔더슨이 왕국의 마법사를 키워 주기로 했지만, 그를 따르는 마법사들이 헤이론 왕국의 마법사라고 하기에는 문제가 있었다.

엔더슨은 왕국의 마법사를 모아 새로운 마탑을 건설하려고 하였다.

국왕도 왕국의 입장에서 지원을 해 주기로 했지만, 마탑이라는 것이 왕국의 국왕의 명령에도 따르지 않는 곳이라 왕실에 속해 있는 마법사들을 아직 보내지 않고 있었던 것이다.

그런 마탑의 수장이 바로 엔더슨이었다.

그리고 가장 중요한 것은 엔더슨이 아레아 공국에 속해

있는 사람이라는 것이었다.

"흠, 아레아가 발전하는 것을 막을 수도 없지만 우리 왕국보다 발전을 하게 그냥 둘 수는 없지 않겠소?"

국왕의 입장에서는 당연한 말이었다.

공국이 비록 독립적인 국가이기는 하지만 헤이론 왕국에서 인정을 받은 그런 속국이기 때문이다.

그러니 국왕의 불만은 당연한 것이었다.

단지 귀족들과 기사들이 인정을 하지 못하고 있다는 것이 문제였지만 말이다.

귀족들은 브레인을 따르는 가신들을 보았기에 이제 아레아가 발전하는 것은 당연한 것으로 받아들이고 있었다.

이것은 국왕이 막는다고 해서 막아지는 것이 아니었고, 자연스럽게 발전이 이루어질 것이라 보고 있었다.

공국이 새롭게 건국되어 왕국의 학자들도 공국으로 가려는 움직임을 보이고 있는 중이었는데, 이들을 막을 명분이 없다는 것이 문제였다.

지식을 가지고 있는 학자들은 비록 귀족이 아니라고 해도 그 명성을 무시할 수가 없었고, 자유민이기에 어디를 간다고 해도 잡을 수가 없었다.

"폐하, 지금은 아레아를 잡을 방법이 없습니다. 브레인 공왕의 심기를 거슬려 좋을 것이 없으니 말입니다."

"그놈의 브레인 공왕 타령은 그만하고 대책을 말하란
말이오."

국왕은 심기가 불편함을 그대로 보여 주었다.

지금 헤이론 왕국의 가장 골치는 바로 아레아 공국이었
다.

국왕이 화를 내니 귀족들은 아무 말도 하지 못하고 눈
치만 보기 시작했다.

국왕은 그런 귀족들을 보며 한심하다는 눈빛을 보냈다.

저런 자들을 믿고 국가를 운영하고 있다는 것이 마음에
들지 않아서였다.

헤이론 왕국의 국왕은 자신이 이렇게 만들었다는 사실
을 몰랐다.

충직한 귀족은 멀리하고, 순간의 사탕발림에 눈이 멀어
간신들을 가까이 해 결국 이런 결과를 만들었다는 사실을
말이다.

당장 다른 나라에서는 왕국을 침공하려고 한다는 사실
도 모르고 있으니 참으로 한심한 국왕이었다.

헤이론의 이런 사정이 다른 나라에는 도움을 주고 있었
다.

헤이론이 유일하게 정보를 모으고 있는 나라가 있다면 바로 바이탈 왕국이었기에, 다른 곳에서는 눈치를 보지 않고 전쟁에 박차를 가할 수가 있었기 때문이다.

새롭게 건국한 아레아 공국을 빼고 대륙에 세 개의 공국이 있었는데, 그 세 개의 공국이 이번에 헤이론과 전쟁을 준비하기 위해 힘을 합치고 있었다.

제리알 공국의 회의실에는 많은 인물들이 모여 있었다.

"제리알 공국의 체코 후작이오. 모두 모였으니 이제 회의를 시작했으면 하오."

"가원 공국의 가리엘 후작입니다. 찬성합니다."

"비스터 공국의 비스마엘 후작이오. 나도 찬성이오."

이번 전쟁이 비록 카이라 제국의 입김 때문이었지만 세 공국도 얻을 것이 있기에 전쟁을 하려는 것이었다.

실지로 세 공국의 전력이라면 절대 무시할 수준이 아니었기 때문이었다.

세 공국의 전력이라면 한 개의 왕국 정도는 충분히 상대를 하고도 남을 정도였으니 말이다.

"자, 이번엔 아티팩트에 대한 문제입니다. 아티팩트를 가지고 있는 아레아 공국의 유일한 출입구가 바로 헤이론 왕국으로 가는 길이라는 것을 모두 아시고 계실 것입니다.

헤이론 왕국은 지금 바이칼 왕국이 침공을 준비하고 있다고 합니다. 우리는 바이탈 왕국과 협상을 하여 아레아 공국을 침공하기 위해 헤이론 왕국부터 정리를 해야 합니다. 이 점에 대해서 발언을 해 주시기를 바랍니다."

오늘 이 자리에서 의장은 제리알 공국의 체코 후작이 맡고 있었다.

세 공국은 지리상 가까이 있었고, 모두가 카이라 제국의 지배를 받고 있는 입장이었다.

즉, 카이라 제국의 제후국이기도 하다는 말이었다.

제국의 속국이기는 하지만 국력이 약하다고 할 수는 없었다.

한 개의 공국으로 따지면 조금 약할지는 모르지만, 세 개의 공국으로 따지면 이는 절대 약하지 않았다.

카이라 제국이 몬스터 천국에 욕심을 내지 못하는 이유가 바로 세 개의 공국이 있어서였다.

몬스터 천국에 인접해 있는 나라들이 바로 세 개의 공국이었기 때문이다.

"우리가 왕국에서 공국으로 된 이유가 바로 몬스터 대란 때문이라는 것을 모르는 분은 없을 것이오. 우리도 몬스터 천국에 대한 권리가 있다는 말이지요. 그런데 아레아 공국의 브레인 공왕이 나타나서는 몬스터 천국에 공국을 만들었다는 것은 우리의 자존심을 상하게 하는 일입니다. 나는 이런 아레아 공국의 행동이 우리를 무시하는 것이라고 생각합니다. 이에 강력한 응징을 해야 한다고 생각합니다."

가윈 공국의 가리엘 후작은 몬스터 천국의 문제 때문에 항상 마음이 불편하였는데, 제국에서 몬스터 천국의 문제를 해결하라는 말을 듣고는 속으로 엄청 기뻐하였다.

"나도 아레아 공국에 응징을 하는 것은 찬성이오. 우리가 공국이 된 이유가 바로 몬스터 대란 때문인데, 그런 우리들의 의견을 들어 보지도 않고 아티팩트를 이용하여 공국을 만들었다는 것은 절대 수락할 수 없는 일이라고 생각합니다."

두 후작의 말에 체코 후작이 대답을 하였다.

"두 분은 아레아 공국을 인정하지 않는단 말이오?"

"그렇소. 대륙에 새로운 나라를 헤이론 왕국에서 독단적으로 만들 수는 없소. 이는 다른 왕국들이 모두 인정을 해야 하는 것이오. 그래서 나는 아레아 공국을 인정하지 못하겠소."

"아레아도 괘씸하지만 몬스터 천국의 대지는 헤이론 왕

국만의 문제가 아니니 아티팩트에 대한 소유권은 대륙의 모든 나라가 가지고 있어야 한다고 생각합니다."

가원 공국의 후작인 가리엘 후작이 이 중에 가장 나이가 어려서 다른 공국의 후작들에게 존칭을 사용하고 있었다.

두 후작도 어린 후배와 같은 후작을 무시하지는 않고 있었다.

"아티팩트에 대한 것은 헤이론 왕국이 이미 공표를 했소. 아티팩트는 헤이론 왕국과 아무런 상관이 없다고 하면서 그에 대한 문제는 아레아 공국과 해결을 하라고 말이오. 이는 헤이론 왕국은 아티팩트에 대한 문제에서 완전히 손을 떼었다는 것을 의미하오. 하지만 문제는 아레아 공국으로 가는 길이 헤이론 왕국을 거치지 않고는 갈 수가 없다는 것이니, 결국 헤이론 왕국과의 전쟁은 선택이 아닌 필수라는 것이오."

헤이론 왕국이 아레아가 가지고 있는 아티팩트에 대한 문제는 전적으로 아레아에 있다고 하였지만, 문제는 아레아로 가는 길이 헤이론 왕국을 거쳐야 한다는 것이었다.

전쟁을 하려고 하면 결국 헤이론 왕국이 길을 열어 주

어야 하는데, 어느 왕국이 길을 열어 주려고 하겠는가 말이다.

"제국에서 보낸 정보로는, 바이탈 왕국이 헤이론 왕국에 지난 전쟁에 대한 복수를 하려고 한다고 하였소. 우리는 바이탈 왕국과 약간의 협정을 맺어 바이탈 왕국이 승리를 하게 만들어 주고, 아레아로 가는 길을 얻으면 된다고 하니, 우리는 아레아만 상대를 하면 된다는 말이오."

"그것은 이미 제국에서 책임을 지기로 하였으니 문제가 없을 것입니다. 우리는 바이탈 왕국과 협정을 맺고 전쟁을 준비만 하면 됩니다."

"나는 찬성이오."

"우리 공국도 찬성이오."

레이몬드는 철저하게 아레아를 상대하기로 마음을 먹었기에 헤이론 왕국은 바이탈 왕국이 따로 정리를 하게 만들었고, 아레아는 세 개의 공국이 따로 전쟁을 할 수 있도록 전력을 아꼈다.

물론 이 방법도 결국 카이라 제국이 나중에 모두 흡수하기 위한 방법이기도 했다.

승패를 떠나 전쟁을 하고 나면 모두 전력이 약해질 것

이니 제국의 입장에서는 그냥 주워 먹으면 되는 일이었다.

미첼 공작이 황제와 단판을 지은 것도 바로 이런 이점을 이용하자고 하였기 때문에 허락을 받은 것이기도 했다.

공국이나 바이탈 왕국에서는 이런 제국의 욕심을 모르고 있었지만 말이다.

6.
전쟁을 원하는 사람들

아레아는 다른 왕국들이 전쟁을 준비하는지를 모르니 공국의 건설에 박차를 가하고 있었다.

브레인은 아리스 상단의 도움으로 유랑민들이 거주를 할 주택을 마련하였고, 유랑민들은 아레아로 와서 새로운 집을 가질 수가 있었다.

브레인은 유랑민들이 스스로 집을 완성하게 하려고 하였고, 가장 기초적인 것은 아리스 상단의 기술자가 해 주고 나머지는 주택의 주인이 직접 완성하도록 하였다.

스스로 집을 지어 완성하게 되면 그만큼 아낄 것이라고 믿어서였다.

"유랑민들의 주택은 어찌 되었지?"

"지금 공국으로 온 유랑민은 주택을 짓고 있는 중입니다."

"아직 완공을 하지 않았다는 말이지?"

"예, 아직도 한참 지어야 합니다. 그래도 대부분의 유랑민은 집을 지어 입주를 하였으니 크게 문제는 없습니다."

"병사들에게 유랑민들이 집에 입주할 수 있도록 도움을 주라고 하고. 이제는 우리 공국의 사람이니 말이야."

브레인은 유랑민들이 입주를 하게 되면 그들 중에 병사들을 모집하려고 하였다.

유랑민이래도 일을 해야 먹고살 수 있다는 것을 알게 하기 위해서였다.

일부 거지의 습성을 가진 유랑민이 있지만 이들에게는 전혀 지원을 해 주지 않았기에 스스로 배가 고프면 일을 하게 만들고 있었다.

결국 일을 해야 먹고살 수가 있으니 이들도 굶기 싫으면 일을 해야 했다.

"공왕 전하, 대륙의 분위기가 조금 이상하다는 보고가 있습니다."

"대륙이 이상하다니 무슨 소리야?"

"바이탈 왕국은 지금 전쟁을 하려고 하는 것처럼 움직임이 수상하다고 합니다. 그리고 다른 왕국들의 움직임도 조금 이상하고, 특히 제국의 세 공국의 움직임이 수상하다는 보고입니다."

아레아 공국은 공국으로 인정을 받기 전에 이미 정보를 모으는 단체가 있었다.

바로 도둑 길드가 아레아의 눈과 귀가 되어 주고 있었다.

그러니 도둑 길드에 다른 나라의 움직임이 포착되었고, 이는 바로 엔더슨에게 보고가 되고 있었다.

브레인은 엔더슨의 말을 듣고는 조금 인상을 썼다.

"엔더슨, 우리 아레아가 공격을 받으려면 어찌해야 하나?"

"저희를 공격하려면 헤이론 왕국을 거쳐야 하니 천상 헤이론 왕국과 전쟁을 해서 승리를 해야 아레아로 올 수가…… 그…… 그럼."

엔더슨은 말을 하다가 갑자기 브레인이 묻는 의도를 짐작할 수가 있었다.

"그래, 우리 공국으로 오려면 헤이론 왕국을 거쳐야 가능하지. 유일한 통로이니 말이야. 아마도 카이라 제국이 술수를 부리고 있는 것 같은데 우리도 준비를 해야 할 거야."

브레인의 말에 엔더슨은 놀란 얼굴을 하며 브레인을 보았다.

엔더슨이 보기에는 이미 이런 일을 짐작하고 있는 것 같아 보여서였다.

전쟁을 마친 지 얼마나 되었다고 다시 전쟁을 하려고 하는지는 모르겠지만, 브레인과 전쟁을 하게 되면 이는 악몽을 꾸게 되는 일이라는 생각이 들었다.

"아직 우리는 전력이 부족합니다. 기사들과 병사들의 수도 그렇고 공국의 정비도 되지 않았는데, 전쟁을 한다는 것은 무리입니다."

"알아, 전쟁을 하자는 말이 아니라 공국의 입구를 정비하라는 말이야. 헤이론 왕국이 전쟁을 하게 되면 반드시 패하게 될 거야. 그러면 왕국민들이 피난을 아레아로 올 확률이 많지. 나는 그 피난민들을 아레아의 사람으로 만들려고 하는 것이야. 그리고 준비를 하라는 것은 바로 헤이론 왕국의 피난민들이 도착을 하면 바로 공국의 입구를 폐쇄하라는 말이야."

열왕전설

"옛? 폐쇄를 하라고요?"

엔더슨은 브레인의 말이 무슨 소리인지 이해가 가지 않았다.

유일한 통로를 폐쇄하면 어디로 다니라는 말인가?

브레인은 엔더슨의 표정을 보고는 입가에 미소를 지었다.

"하하하, 엔더슨의 그런 표정을 정말 오랜만에 보네."

브레인의 말에 엔더슨은 화가 난 얼굴을 하였다.

"공왕 전하, 지금 장난이 나오십니까."

"하하하, 엔더슨 걱정하지 말고 나의 말대로 따라 줘. 몬스터를 이용하여 우리 아레아로 오는 길을 막으려고 하는 것이니 말이야. 우리는 앞으로 이 길을 막고 다른 길을 열어 움직이게 될 거야."

"다른 길이라는 것은 어디를 말하시는 것입니까?"

"바다를 이용해서 움직여야지. 몬스터 천국의 대지는 엄청난 크기이고, 바다를 가지고 있는 곳이니 우리는 땅으로 가는 것보다는 바다를 이용하자는 말이야. 물론 그에 따른 준비를 해야겠지. 이미 아리스 상단에 준비를 하고 하였으니 우리는 바다가 있는 곳을 확보하는 데 힘을 써야지."

브레인의 말을 들은 엔더슨은 금방 상황이 이해가 갔다.

공국의 인구가 부족하다는 것을 모르는 사람은 아무도 없었다.

브레인은 그런 인구의 부족을 이번 전쟁을 이용하여 채울 생각을 가지고 있었고, 지금의 통로를 폐쇄하여 다른 왕국들이 몬스터 천국으로 들어오는 것을 원천적으로 막으려고 하려는 계획을 가지고 있었다.

엔더슨은 브레인이 마치 괴물 같은 기분이었다.

흔히 앉아서 천 리를 본다는 말이 있는데, 브레인이 정말 그런 사람이 아닌가라는 생각이 들 정도였다.

"공왕 전하, 그러면 바다를 이용하여 공국의 출입을 한다는 말씀이십니까?"

"그래, 바다가 있는 곳에 도시를 개발한 후 그곳을 이용해 대륙에 갈 수도 있게 만들려고 하는 거야. 몬스터는 문제가 없으니 말이야."

브레인은 에레나를 이용하여 몬스터를 몰아내려고 하고 있었다.

아레아를 바다가 있는 곳과 연결하여 왕국의 크기 정도로 만들려고 하였다.

헤이론 왕국의 사람들이 얼마나 많이 올지는 모르지만 그 정도의 땅이라면 충분히 힘을 기를 수 있을 것이라고 생각하여서였다.

전쟁을 피하지는 않지만 전쟁을 즐기지도 않는 브레인이었기에 선택한 방법이었다.

공국의 출입구에 헤이론 왕국민들이 오면 몬스터를 대거 이쪽으로 몰아넣을 생각이었다.

그렇게 하면 전쟁을 하려고 병력을 준비한 왕국들과 몬스터의 전쟁이 되는 일이니 자신에게도 도움을 주는 것이라 생각하였다.

아레아가 몬스터 대지에 있지만 몬스터는 일단 적이었고, 그 수가 너무 많아 조금은 줄일 필요가 있었다.

수가 줄면 아레아가 그만큼 움직이기 편하기 때문이었다.

브레인의 이런 생각을 알지 못하고 있었던 엔더슨은 속으로 브레인을 욕하고 있었다.

'이런 지랄 같은 주군, 이런 계획이 있었으면 미리 말이라도 하면 좋잖아. 나는 여태 혼자 지랄을 하고 있었던 거잖아.'

엔더슨은 전쟁이 시작되기 전에 정보를 모아 대책을 세

운다고 머리를 싸매고 있었는데, 지금 생각하니 모두 쓸데없는 짓들이었기 때문이다.

엔더슨의 얼굴이 화가 나 있는 것을 보고 브레인은 그런 엔더슨이 재미있다는 표정을 지었다.

"하하하. 엔더슨 화가 난 모양이지."

"공왕 전하, 그런 계획이 있다면 미리 이야기를 해 주시면 제가 걱정을 하지 않았지 않습니까."

"하하하. 엔더슨 사람은 말이야 머리를 써야 똑똑해진데, 그러니 엔더슨은 머리를 자주 사용해야 마법도 올라가지."

브레인의 말에 엔더슨은 머리가 띵한 기분이었다.

결국 자신이 멍청해서 말을 하지 않았다고 들렸기 때문이다.

엔더슨은 자신이 그토록 멍청한지를 다시 한 번 생각하는 계기가 되었다.

브레인의 지시로 인해 아리스 상단은 또다시 엄청난 물량을 아레아로 옮기기 시작했다.

아직 공사가 끝이 난 것이 아니었고 새롭게 시작하는 공사도 만만치 않은 것이라 대륙에 있는 자재들을 다시 모아 아레아로 이동을 시키고 있었다.

"공왕 전하는 정말 대단하신 분이시구나."

"아버지, 무슨 말씀이세요?"

"공왕 전하는 이미 전쟁에 대한 대비를 하시고 계시니 하는 말이다."

"옛? 전쟁이 일어난다고요?"

아리스 상단주의 아들은 전쟁이라는 말에 깜짝 놀라고 있었다.

아직 전쟁이라는 것을 한 번도 경험을 하지 못해 두려움이 얼굴에 깔리기 시작했다.

아리스 상단주는 그런 아들을 보며 아직도 멀었다고 생각했다.

'쯧쯧. 어째 하는 행동이 저렇게 문제가 많은지 모르겠네.'

상단주는 아들이지만 이 상태로 상단을 물려주면 아마도 삼 년 안에 상단을 말아먹을 것이라는 생각이 들었다.

그러면서 이제 자신도 나이가 먹어 간다는 생각이 들었다.

아들이 결혼을 하여 지금 자신의 손자가 있었지만, 손자도 장사를 하기에는 문제가 있어 보였다.

일단 상인이라면 수를 잘 계산해야 하는데, 손자는 그

런 수의 싸움이 약해서 기대를 하지도 않고 있었다.

'역시 사람은 각자 하는 일이 다르다는 말이 맞는 말이구나.'

상단주는 손자에게 상인이 되기보다는 다른 일을 시키려고 하다가 문득 다른 생각이 들었다.

자신이 지금 있는 곳은 브레인이 다스리는 아레아 공국이었고, 공국은 아직 자리를 잡지 못한 곳이니 자신이 만약에 의탁을 하게 되면 충분히 능력을 보여 줄 수가 있을 것 같았다.

"흠, 한 번 생각해 보아야겠다."

상단주의 말에 아들은 이상한 눈빛을 하며 아버지를 보았다.

"아버지, 무슨 말씀을 혼자 하시는 것입니까?"

"아니다. 너는 상단의 간부들에게 회의를 하자고 전하도록 해라."

아들은 아버지가 자신에게 비밀로 하는 것이 마음에 들지 않았지만 불만을 표하지는 않았다.

그렇게 했다가는 바로 자리를 보전하기 어렵다는 것을 알고 있어서였다.

"알겠습니다. 바로 전하겠습니다."

아들이 떠나고, 상단주는 브레인에 대한 생각을 정리하기 시작했다.

브레인은 자신이 보기에도 영웅의 기질을 가진 사람이었고, 충분히 왕의 그릇이라고 보았다.

그래서 그런 사람의 그늘에 있으면 더욱 많은 것을 얻을 수가 있을 것이라는 생각이 들었다.

아리스 상단의 주요 회의가 열렸다.

가끔 상단주가 직접 주체하여 회의를 열어 상단의 문제를 해결하고는 했다.

"상단주님, 모두 모였습니다."

"알겠네. 가지."

아리스 상단주는 상단의 간부들이 모여 있는 곳으로 갔다.

회의실은 아레아 공국의 임시 건물로 지은 이 층이었다.

회의실 안에는 많은 인물들이 모여 도란도란 이야기를 나누고 있었다.

"오늘 모임은 무슨 일 때문일까?"

"나도 모르지, 상단주께서 모이라고 하는 것을 보니 이유가 있으시겠지."

"우리 아리스 상단이 아레아 공국의 일만 하는 것 같아 모이라고 하는 것이 아닐까?"

"하기는, 아레아 공국의 일만 해도 지금 넘쳐 나는 일 감을 감당하기가 쉽지 않으니 맞는 말이기는 하네."

아리스 상단의 일꾼들은 거의가 지금 아레아 공국에 와서 일을 하고 있었다.

대륙에 퍼져 있는 각 지점들을 빼고는 거의가 이곳에 모여 있었으니 말이다.

그만큼 아레아 공국에서 해야 하는 일이 많다는 이야기였다.

문이 열리면서 상단주가 들어오자 간부들은 황급히 자리에서 일어났다.

"어서 오십시오, 상단주님."

"모두 자리에 앉게."

아리스 상단주는 간부들을 보며 조용히 입을 열었다.

간부들은 오늘따라 상단주의 목소리가 무겁게 느껴지는 기분이 들었는지 군소리 없이 자리에 앉았다.

모두가 자리를 잡자 상단주는 간부들의 얼굴을 일일이 보았다.

한참을 그렇게 얼굴을 보더니 천천히 입이 열리기 시작

했다.

"오늘 이 자리에 모이라고 한 이유는 우리 아리스 상단의 앞날을 위해서이다."

간부들은 상단주의 말에 조금은 엉뚱한 소리라는 얼굴을 하였다.

아리스 상단은 이대로 가도 절대 망하지 않을 상단이기 때문이었다.

"아버지, 상단의 앞날을 위해서라는 말은 무슨 말씀이십니까?"

상단주의 아들이 먼저 질문을 하였다.

그 말은 여기 모여 있는 모두의 말이기도 했다.

"우리 상단이 그동안 대륙 제일의 상단이 되었지만, 아직도 나는 제일이라는 이름이 걸맞지 않는 상단이라는 생각을 하고 있다. 제일이라는 것은 가장 높은 곳에 위치하는 건데, 우리는 가장 높은 곳에 있지 않기 때문이다."

상단주의 말에 간부들의 얼굴은 어리둥절한 표정이 되어 버렸다.

"아니 상단주님, 지금 우리 상단이 높은 곳에 있는 게 아니라고 하시니 이해가 가지 않습니다."

"그렇습니다. 저희 아리스 상단이 대륙 제일의 상단이

라는 것은 누구나 아는 일입니다."

간부들은 제일이라는 말을 상단주가 인정을 하지 않으니 답답한 기분에 반발을 하였다.

"모두 나의 말이 이상하게 들렸겠지만, 우리 상단이 제일의 상단이 되기 위해서는 국가의 권력이 필요하기 때문이다. 상단의 힘은 돈도 중요하지만 권력도 무시를 할 수 없기 때문이다. 그동안 우리와 인맥을 가진 귀족들은 돈만 주면 우리의 일을 도와주었지만, 만약에 그런 귀족들이 우리 상단을 방해하려고 한다면 우리가 어찌하겠느냐?"

아리스 상단주의 말에 간부들은 아무 말도 하지 못하고 있었다.

상단주의 말대로 고위 귀족들이 아리스 상단에 피해를 주려고 하면 얼마든지 피해를 줄 수 있었기 때문이다.

물론 상단의 간부들도 그런 피해를 입지 않기 위해 많은 뇌물을 사용하고 있기는 하지만 근본적인 대책은 아니라는 것을 모두가 알고 있었기에 말을 하지 못했다.

"아버지, 고위 귀족들이 우리 상단에 피해를 주겠습니까. 그들도 우리 상단의 중요성을 알고 있는데 말입니다."

아들의 말에 상단주의 얼굴은 대번에 찌그려졌다.

"이놈이, 그러고도 상인이라고 할 수 있느냐? 상인은 항상 내일을 준비하는 습관이 있어야 한다고 하지 않았느냐."

상단주의 말에 아들은 바로 고개를 숙이고 말았다.

아버지의 말이 틀리지 않아서이기도 했지만 내일을 준비하라는 말을 자신도 느끼고 있었기 때문이다.

"죄송합니다, 아버지."

아들의 반성에 상단주는 더 이상 아들의 일은 잊었는지 다시 말을 이어나 갔다.

"지금 대륙에는 서서히 전쟁이 시작되려고 한다. 이는 권력을 가진 자나 힘을 가진 자가 원하면 상단도 무너지게 된다는 말이다. 국가에서 원하는 일을 일개 상단이 거부할 수 없기 때문이다. 그래서 우리는 그런 불이익을 당하지 않으려면 그만한 힘을 가진 사람의 그늘에 가야 한다는 말이다."

상단주의 말이 무슨 뜻인지를 파악한 간부들은 눈빛을 빛내고 있었다.

아리스 상단이 거대한 상단이기는 하지만 권력을 가진 귀족에게는 하루살이일 뿐이었다.

그들이 원하기만 하면 상단은 순식간에 초토화가 될 수

도 있다는 말이었다.

물론 일부 지역은 그렇지 않겠지만 대부분이 무너지는
것은 시간문제일 뿐이었다.

상인의 생활을 하면서 이들이 가장 힘들어하던 부분도
바로 이런 점이었다.

상인은 평민이라는 신분을 극복할 수가 없었기에 이는
어쩔 수 없는 일이기도 했다.

아리스 상단주는 바로 이런 점을 말하고 있었다.

"모두 내가 하는 말이 무슨 뜻인지 파악을 한 것 같으
니 조금은 말하기가 편하겠구나."

"말씀하시지요, 상단주님."

"나는 아레아 공국의 그늘로 들어갔으면 한다."

아리스 상단주의 말에 모두들 놀란 눈빛을 하며 상단주
를 보았다.

"아니 상단주님, 우리가 어떻게 키워 온 상단인데 아레
아 공국에 바친다는 말입니까?"

한 간부는 화가 나서 그런지 자신의 감정을 그대로 드
러냈다.

그 간부의 말에 다른 간부들도 불만이 가득한 눈빛을
하였다.

"상단주님, 아레아 공국은 신생 공국입니다. 그런 나라에 상단을 바치려는 것입니까?"

아리스 상단은 상단주가 가장 많은 힘을 가졌지만 간부로 있는 일부 상인들도 상단의 지분을 가지고 있었기에 상단주 혼자 처분을 할 수 있는 상단이 아니었다.

"자네들은 아레아 공국이 신생국이라 약하다고 생각하는가?"

상단주의 눈빛이 강렬하게 변해 간부를 보았다.

간부들도 상단주와 생활을 한 지 수십 년이 되었기에 상단주의 눈빛만 보아도 무슨 상황인지를 파악할 수 있을 정도였다.

지금 상단주가 보이는 눈빛은 절대 포기하지 않겠다는 의지를 보여 주는 눈빛이었다.

도대체 무슨 생각으로 상단을 아레아 공국에 바치려고 하는지 이들은 이해가 가지 않았다.

아니, 오히려 그 이유가 궁금해지고 있었다.

"상단주님, 지금까지 상단주님께서 하신 말이 틀리지 않다는 것은 인정합니다. 하지만 지금은 아니라고 생각합니다. 만약에 아리스 상단이 아레아 공국의 그늘로 들어가겠다면 저는 여기서 탈퇴를 하겠습니다."

한 간부는 상단의 탈퇴를 말하며 강경하게 반대를 하였다.

아리스 상단이 생기고 이런 경우는 처음 있는 일이었다.

간부도 제법 많은 지분을 가지고 있는 상인이었기에 이참에 따로 독립을 생각하고 있는 것 같았다.

아리스 상단주는 그런 상인을 보며 고개를 끄덕여 주었다.

"그래, 그러면 자네는 이제부터 우리 상단의 사람이 아니라네. 자네의 지분은 바로 처리를 해 주도록 하지. 또 나갈 사람은 지금 이 자리에서 결정을 해 주게."

상단주가 강경하게 반대를 하는 상인의 탈퇴를 허락하니 장내는 순식간에 혼란스럽게 변했다.

"아니, 상단주님이 갑자기 왜 저러시는 거야?"

"우리 상단도 이제 위기가 온 것인가?"

상인들은 혼자 중얼거렸지만 주변이 시끄러워 그 소리들은 그냥 묻히고 있었다.

"다시 한 번 이야기하지만, 아리스 상단을 떠나고 싶은 간부들은 바로 이야기를 해 주게. 지분은 바로 처리를 해 주겠네."

상단주의 말에 간부들 중에 일부는 눈빛이 흔들리고 있었다.

이들이 아리스 상단에 몸담고 있는 이유는 나중에 자신들도 따로 독립을 하고 싶은 마음을 가지고 있어서였다.

그런데 그런 독립이 갑자기 이루어지게 되었으니 이들은 눈빛이 흔들릴 수밖에 없었다.

당장 나가서 상단을 꾸려 장사를 하면 이득이 있을지를 속으로 계산하고 있었기 때문이다.

상인은 계산이 빨라야 했고, 그 계산에 대한 책임도 자신이 져야 했다.

그러니 신중하게 계산을 할 수밖에 없었다.

아리스 상단주는 그런 상인들의 계산을 알기에 잠시 시간을 두고 이들의 결정을 기다려 주었다.

아리스 상단의 미래를 위해서는 이제 정리를 할 사람은 정리를 하는 것이 좋다고 생각해서였다.

한참의 시간이 지나자 일부 간부들 중에 결정을 하였는지 얼굴이 굳어지는 사람들이 있었다.

"상단주님, 저는 여기서 인사를 드리고 싶습니다. 그동안 보살펴 주신 은혜는 잊지 않겠습니다."

"저도 이제 따로 독립을 했으면 합니다, 상단주님."

"이번 결정에는 아무리 생각해도 따르지 못할 것 같습니다, 상단주님."

아리스 상단주는 여러 가지 답변을 하는 사람들을 보며 아직 입을 열지 않고 있었다.

아직도 결정을 내리지 못한 인물들이 있다고 생각해서였다.

상단주는 주변에 남아 있는 사람들을 보며 약간의 시간을 더 주었고, 그에 따라 상단을 떠나려고 하는 인물이 조금 더 늘었다.

마지막까지 결정을 보았다고 판단한 상단주는 떠나기로 한 상인들을 보며 입을 열었다.

"그래, 그동안 나를 따라 많은 고생들 하였다. 너희들의 지분은 내일 계산을 해 줄 것이니, 여기를 떠나도록 해라. 하지만 너희는 상인이니 떠날 때 떠나도, 하고 있었던 일들은 전해 주고 가도록 해라."

상단주의 말에 상인들은 모두 그렇게 하려고 마음을 먹었는지 바로 대답을 해 주었다.

"알겠습니다. 삼 일 동안 저희의 후배에게 모두 전해 주고 가도록 하겠습니다. 상단주님."

삼 일의 시간이면 충분히 자신들이 하고 있던 일들을

물려줄 수 있다고 생각하고 있는 상인들이었다.

이들은 그동안 자신의 일을 혼자 처리를 한 것이 아니기에 가능한 일이었다.

아리스 상단주가 항상 당부를 하던 것이, 바로 일을 할 때 자신의 일을 대신 처리할 사람을 키우라는 것이었다. 때문에 이들은 자신이 자리를 비워도 대신 일을 처리할 사람을 키웠다.

아리스 상단의 일이 정리가 되자 떠날 사람들은 자리가 불편해서인지 피하였고, 남아 있게 된 사람들은 아직 자리를 지키고 있었다.

"이제 떠날 사람은 모두 갔으니 우리는 아레아 공국의 일원이 되어 남아 있을 것이다. 우리는 이제 아레아 공국의 사람이라는 것을 명심하고 일을 하기 바란다."

상단주의 당호한 음성에 상인들은 약간은 곤혹스러운 표정이었지만 이내 대답을 하였다.

"알겠습니다, 상단주님."

이들은 상인이라는 신분을 가지고 있기 때문에, 어느 나라에 속해 있어도 상인으로 생활을 하는 것은 변함이 없었기 때문에 상단주의 말을 따를 수가 있었다.

대륙의 모든 나라에서 유일하게 나라를 따지지 않는 신

분이 바로 상인들이었다.

상인은 나라에 속해 있어도 장사를 하기 위해 움직이는 존재들이기 때문에 상인들이 속해 있는 나라도 그들을 그리 크게 신경을 쓰지 않았고, 장사를 할 수 있게 해 주었다.

"허허허. 지금 떠난 너희들은 나중에 시간이 지나고 나면 후회하게 될 것이다. 지금의 결정이 어떤 결과를 가지고 올지를 나중에 알게 될 테니 말이다."

아리스 상단주는 아레아 공국을 따르기로 한 내막이 있었는데, 바로 새로운 출입구에 대한 것이었다.

아리스 상단주는 브레인의 부름을 받아 갔다가 엄청난 이야기를 듣게 되었다.

자신은 상인이기 때문에 정보에 민감해져 있었지만 아레아 공국에 그 정보를 제공하지는 않았었는데, 공국의 공왕이 자신을 불러 대륙의 사정에 대한 이야기를 해 주는 바람에 이들에게 자신도 모르는 정보처가 따로 있다는 사실을 알게 되었다.

브레인이 이야기한 정보는 자신도 모르는 것들이 많았기에 도대체 아레아 공국의 정체가 의심스러울 정도였으니 말이다.

그러면서 브레인은 자신에게 한 가지 부탁을 하였다.

"아리스 상단주에게 비밀스럽게 부탁을 할 것이 있는데 들어주겠소?"

"무슨 일이신데 그러시는지요?"

"이번에 내가 하는 부탁은 절대 비밀을 지켜야 하는 것이오. 만약에 비밀이 새어 나가게 되면 이는 아리스 상단에 속해 있는 모든 사람들이 죽을 수도 있는 중요한 일이니 말이오."

브레인은 웃으면서 하는 말이었지만 듣고 있는 아리스 상단주의 등에서는 식은땀이 흐르는 말이었다.

"무……슨 부탁이신지, 다른 이에게 하시면 안 되는지요?"

아리스 상단주는 자신이 알게 되면 생명을 걸어야 하는 것이라 빠져나오려고 하였다.

"이번 일은 아리스 상단밖에는 할 수 없을 것 같아 드리는 부탁이라오."

브레인의 말에 아리스 상단주는 자신이 도저히 빠져나올 수 없는 수렁에 빠지게 되었다는 사실을 알게 되었다.

어차피 빠져나오지 못하는 것이라면 당당하게 대처를 하자는 것이 아리스 상단주의 생각이었다.

"무슨 부탁이신지는 모르지만, 그렇게 비밀스럽게 해야 하는 것입니까?"

아리스 상단주의 말이 조금 전과는 다르게 당차 있어 브레인을 놀라게 하였다.

'일개 상인으로 남아 있기에는 아까운 사람이구나.'

브레인은 아리스 상단주를 영입하기로 마음을 먹게 되는 중요한 순간이었다.

"아리스 상단이 해야 하는 일은 우리 아레아 공국의 새로운 출입구를 만드는 것이오. 아레아는 헤이론 왕국으로 들어오는 출입구를 막고 새로운 입구를 만들려고 하고 있소. 그 출입구는 바로 바다를 이용하는 것이라 항구를 만들어야 하오. 그 일을 아리스 상단이 해 주었으면 하오."

아리스 상단주는 브레인의 말에 기겁을 하고 말았다.

아레아 공국의 탄생이 몬스터를 물리치고 자리를 잡은 것인데, 그 출입구를 다른 곳에 만들려고 한다는 이야기는 다른 곳을 이미 알아보았다는 말이었기 때문이었다.

"고…… 공왕 전하, 그러면 다른 곳의 출입구는 이미 정해져 있는 것이옵니까?"

"장소는 이미 지정을 해 두었으니 바로 작업을 하기만 하면 되는 일이오. 아리스 상단이 건설에 아주 뛰어난 능

력을 보이니 나는 그 작업을 아리스 상단이 해 주었으면
하오."

브레인의 말속에는 부탁이 아니라 강제적인 힘이 들어
있었다.

지금 자신이 거절을 하게 되면 이는 아리스 상단의 존
폐가 결정되는 것이라는 생각이 들자 아리스 상단주는 바
로 수락을 하고 말았다.

"어차피 저희가 아니면 할 수 없는 일인 것 같으니 알
겠습니다. 그러면 저희는 이제 아레아를 떠나 있을 수가
없겠군요."

브레인은 아리스 상단주가 자신의 뜻을 정확하게 파악
하고 있다는 것이 놀라웠다.

그만큼 재능이 있고, 상대를 파악하고 있다는 말이었
다.

상인의 눈뿐만 아니라 정치적인 능력도 상당하는 것을
알게 되자 브레인은 자신의 왕국의 외무부를 맡게 하려는
마음이 이번에 확실히 굳어지게 되었다.

"아리스 상단이 아레아를 떠나 있는 것은 문제가 되지
않소. 상단이 움직이는 것을 막을 수는 없는 일이니 말이
오. 하지만 아레아의 모든 정보는 차단이 되어야 하지 않

겠소."

브레인은 조용한 목소리로 말을 하고 있었지만 아리스 상단주의 입장에서는 소름이 끼치는 말이었다.

아레아의 정보를 발설하게 되면 바로 시체가 되어야 한 다는 말이었기 때문이다.

"공왕 전하, 솔직히 저희 상단이 필요하시면 그렇다고 말씀을 해 주십시오."

"하하하. 그대는 참으로 영리하오. 그렇소. 나는 아리 스 상단도 필요하고, 그대도 필요하오. 나를 도와주시오."

브레인은 아리스 상단주의 말에 호탕하게 웃으면서 자 신의 속마음을 말해 주었다.

그러면서 지금 제국이 벌이고 있는 일을 자세히 이야기 해 주었다.

카이라 제국의 미첼 공작과 황제가 헤이론 왕국과 전쟁 을 하려고 하고 있었고, 그 목표는 바로 아레아 공국이라 는 것이었다.

그리고 아레아 공국은 헤이론 왕국에 전쟁이 일어나면 바로 피난민들을 받아 아레아 공국의 입구를 폐쇄하려고 한다는 말도 해 주었다.

공국의 입구를 막는다는 말은 결국 몬스터들이 우글거

리게 한다는 말이었다.

대륙에 소문이 나기로는 브레인이 가지고 있는 아티팩트로 인해 몬스터들이 가까이 오지 못하고 있다고 하였으니, 브레인이 자리를 옮기게 되면 입구는 다시 몬스터의 천국이 될 수도 있다는 생각이 드는 아리스 상단주였다.

'정말 무서우신 분이시구나. 브레인 공왕 전하께서는.'

아리스 상단주는 브레인의 본심을 알게 되자 조금은 두려운 마음이 들었다.

엔더슨은 브레인이 아리스 상단주를 불러 이렇게 세세한 정보를 이야기해 주는 것이 별로 마음에 들지 않았지만 수하를 거두는 일에 속이는 것을 싫어하는 브레인이었기에 아무런 말을 하지 않고 보고만 있었다.

아리스 상단주는 브레인의 말에 결국 수락을 하고야 말았다.

하지 않으면 죽을 수도 있다는 것을 피부로 느끼고 있었기 때문이다.

브레인의 가신이라고 하는 엔더슨과 마스터의 경지에 올라 있는 알레스가 함께 자신에게 압박을 하고 있으니 버틸 재간이 없어서였다.

"저를 그렇게 생각해 주시다니 진심을 감사합니다. 공

왕 전하의 뜻대로 아레아에 몸을 담겠습니다."

아리스 상단주가 자신의 수하가 되겠다고 하니 브레인
의 얼굴에는 환한 웃음이 피어났다.

"하하하. 그대가 나를 따른다니 이거는 대륙의 절반은
얻은 것 같소."

브레인이 진심으로 기뻐 웃음을 짓자 엔더슨과 알렉스
도 입가에 미소를 지었다.

이들은 브레인이 이렇게 진심으로 기뻐하는 것만 보아
도 기분이 좋아지는 충직한 수하들이자 친구들이었다.

그렇게 아리스 상단주는 아레아에 몸을 담게 되었고,
오늘 아리스 상단을 정리하고 있었던 것이다.

아레아는 아리스 상단이 함께하기로 하였기 때문에 이
제 부족한 물자에 대해서는 더 이상 걱정을 하지 않게 되
었다.

아리스 상단의 재력이 넉넉하다고 해도 브레인이 가지
고 있는 재물과는 비교가 되지 않았다.

브레인은 이미 고대의 유물들에 대한 평가를 정확하게
하고 있었고, 자신이 가지고 있는 보석들이 얼마나 대단
한 가치를 지녔는지를 판단하고 있었다.

브레인의 재물 중에 약간만 가지고도 아리스 상단과 같

은 상단을 만들 수 있으니 말이다.

아리스 상단주가 브레인의 가신이 되기로 정하고 난 후 브레인이 자신의 재물 중에 일부분을 그에게 보여 주었다.

아리스 상단주는 브레인이 보여 주는 재물을 보고는 할 말을 잃고 말았다.

일전에 준 보석만 해도 천문학적인 금액이었는데, 지금 자신의 눈으로 보고 있는 것에 비하면 적은 양이라는 것을 알게 되자 저절로 입이 벌어졌다.

"공왕 전하, 도대체 이렇게 많은 재물을 어찌 가지고 계시는 것이옵니까? 그리고 이 물건은 고대의 유물 같은데, 이런 물건은 값을 정하지 못할 정도의 가치를 가지고 있는 것이옵니다. 이런 물건들을 대량으로 가지고 계시니 신기하기만 합니다."

"하하하. 이제 그대가 나의 가신이 되었으니 내가 가지고 있는 것을 이용하여 더욱 많은 부를 쌓아야 할 것이오. 알겠소?"

"암요, 당연하지요. 제가 다른 것은 모르지만 부를 쌓는 것은 타고났습니다. 걱정하지 마십시오."

브레인과 아리스 상단주는 그렇게 아레아에 도움이 되는 이야기를 하였고, 서로가 생각하는 것을 이야기하며 즐거운 시간을 보낼 수가 있었다.

아리스 상단주도 처음에는 두려웠지만 시간이 지나면서 브레인에 대한 경외감이 쌓여 갔다.

진실로 대단하다는 말밖에는 할 말이 없게 만드는 사람이 바로 브레인이라는 생각이 들었기 때문이다.

브레인은 항구의 조성에 대해 전적으로 아리스 상단주에게 일임을 하였고, 지원은 엔더슨과 알렉스가 하기로 지시를 내렸다.

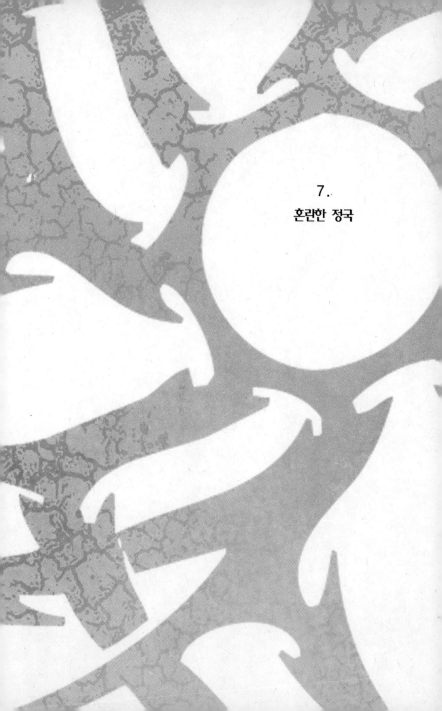

7.
혼란한 정국

아레아의 사정과는 다르게 헤이론 왕국은 상당히 혼란스럽게 변하고 있었다.

　헤이론 왕국에서 정보를 모으고 있는 바이탈 왕국의 움직임이 생각보다 심각하게 변해서였다.

　"폐하, 바이탈 왕국의 군대가 국경에 더욱 많이 몰리고 있다고 하옵니다."

　"바이탈 왕국에서 정녕 전쟁을 하려고 하는 것인가?"

　헤이론 왕국의 국왕은 지난 전쟁에서 승리를 하였기 때문에 이후의 바이탈 왕국과의 전쟁에서도 승리를 할 수 있다는 자신감에 빠져 있었다.

"국경에서 바이탈의 움직임이 위험수위를 넘었다는 보고가 들어왔습니다. 폐하."

"우리도 국경에 더욱 많은 군대를 보강하면 되지 않는가?"

"폐하, 이미 배치는 하였습니다. 만약에 바이탈 왕국이 전쟁을 도발하면 이번에는 직접 바이탈 왕국의 수도를 공략하게 될 것입니다."

귀족들도 바이탈 왕국은 이제 더 이상 겁나지 않는 나라라고 생각하고 있었다.

헤이론 왕국의 국력이 지난 시절과는 다르게 많이 강해졌기 때문이다.

이는 브레인이 기사단을 영입하기 시작하면서였다.

브레인이 헤이론 왕국의 영웅이 된 후 가문의 기사단을 모은다고 하면서 기사들의 실력을 평가하였는데, 이때 많은 기사들이 탈락의 물을 마시게 되어 그들에게 큰 충격을 주었다.

그 후로 헤이론 왕국의 기사들은 강해지기 위해 피나는 노력을 하기 시작하였고, 지금은 그 결과로 인해 이렇게 바이탈 왕국을 겁내지 않아도 될 정도로 자신감을 가지게 되었다.

그러니 바이탈 왕국이 전쟁을 준비한다고 해도 그리 두렵지 않은 반응을 보이고 있었다.

"우리 군에도 전쟁이 시작되면 바이탈 왕국으로 진격을 하라고 지시를 내려놓도록 하라. 저놈들이 먼저 침공을 하면 우리가 공격을 하여도 명분이 있는 것이니 말이야."

"예, 국왕 폐하."

국왕의 명령에 따라 왕국의 국경에는 바로 명령이 떨어졌고, 군대는 즉시 준비를 하기 시작했다.

군량에 대해서는 그리 문제가 없을 정도로 많은 양을 비축하고 있었기에 이제 군사력만 보강이 되면 충분히 적의 공격에도 대비를 할 수 있었다.

헤이론 왕국이 이렇게 준비를 할 수 있는 것도 브레인이 미리 준비를 시켜 놓았기 때문이다.

국경성을 책임지고 있는 사령관도 브레인을 추종하는 사람 중에 한 명이라 브레인이 국경을 떠나면서 대비책에 대해 미리 언질을 주었고 그에 따라 착실히 준비를 하였기 때문에 크게 문제없이 처리를 하게 되었다.

"국왕 폐하의 지시대로 준비는 모두 되었겠지?"

국경성을 책임지고 있는 파넨 자작의 말에 기사들은 힘차게 대답을 하였다.

"이미 만반의 준비를 하고 있습니다. 사령관님."

"그래, 예전에는 맥없이 당했지만 이제는 그렇게 당할 수는 없지. 브레인 공왕 전하께서 이렇게 준비를 하라고 지시를 해 놓고 가셨는데도 당하면 이는 말이 되지 않는 일이네."

파넨 자작의 말은 기사들도 인정을 하는 부분이었다.

국왕이 브레인 공왕에게 잘못하고 있다는 사실을 알고 는 있지만 그래도 이들은 기사였고 헤이론 왕국에 충성을 다하는 존재였기에 욕은 하지 않지만 마음이 불편한 것은 사실이었다.

기사들에게는 충분히 존경을 받고 있는 브레인의 지시 였기에 기사들도 이번 바이탈의 문제는 스스로 알아서 처 리를 하려고 하였다.

군사력이 약하다면 문제가 되지만 이제는 충분히 바이 탈 왕국과의 전쟁도 승산이 있다고 생각하기에 적의 침공 에도 두려움 없이 상대를 할 수 있었다.

전쟁에서는 가장 중요한 것이 바로 사기인데, 헤이론 왕국의 기사들에게는 지금 그 사기가 충전되어 있는 상태 였다.

기사들이 그러니 병사들도 마찬가지로 바이탈 왕국과의

전쟁은 반드시 승리를 한다고 믿고 있을 정도로 헤이론 왕국의 국경성은 힘차게 돌아가고 있었다.

바이탈 왕국의 수도에 있는 왕성에서는 지금 한참 열띤 토의가 벌어지고 있었다.

"국왕 폐하, 제국의 기사단이 도착을 하였다고 합니다."

"그러면 이제 선전포고만 하면 되는 것이오?"

"이번에 제국에서 세 개의 기사단을 보내 주었으니, 전쟁의 승리를 걱정하지 않으셔도 될 것입니다."

바이탈 왕국의 귀족들은 제국에서 무려 세 개의 기사단을 보내 주는 바람에 이미 전쟁에서 승리를 하였다고 생각하고 있었다.

제국에서 보낸 기사단이라고 하니 무조건 강할 것이라는 생각만 하고 말이다.

카이라 제국에서 파견을 보낸 기사들은 제국 내에 있는 기사들로, 이번에 미첼 공작가에서 새로 뽑은 기사들이었다.

미첼 공작가에서 기사단을 만들려고 한다는 소문을 내니 엄청난 기사들이 몰려 치열한 경쟁을 하게 되었고, 그

중에 그래도 강한 실력을 가진 기사들을 뽑아 이번 전쟁에 바이탈 왕국으로 보내게 된 것이다.

제국에서는 강한 기사들만이 기사단에 들어갈 수가 있기 때문에, 누구나 기사가 될 수는 있지만 그만큼 실력이 있어야 기사단에 들어갈 수가 있었다.

미첼 공작가에서는 이번 전쟁을 위해 기사단을 만들었고, 제국 내에 남아도는 기사들 중에 조금 실력이 있는 기사들을 뽑아 바이탈 왕국을 도와주라고 하였다.

실지로 바이탈 왕국의 기사들과 비교를 해도 그리 뛰어난 실력을 가진 기사는 없는데도 바이탈 왕국에서는 제국의 기사라는 말만 듣고 이렇게 흥분을 하고 있었다.

"국왕 폐하, 전쟁에 대한 준비는 모두 끝났다고 합니다. 바로 시작하셔도 되옵니다."

귀족들은 이번 전쟁에서 반드시 헤이론 왕국을 이길 것이라고 믿고 있었다.

"이번 원정군의 총사령관은 누가 하였으면 좋을 것 같나?"

국왕의 충실한 비서 역할을 하고 있는 글레드 자작은 이미 이번 전쟁의 총사령관의 자리 때문에 많은 뇌물을 얻어먹었기에 자신에게 뇌물을 준 인물을 추천하였다.

"폐하, 이번 전쟁에서 승리를 하기 위해서는 헤비로 후작이 가장 적합합니다. 왕국의 군단장을 역임하였고, 군부의 지지도 받고 있는 인물이니 말입니다."

헤비로 후작은 대대로 군부의 귀족이면서 강력한 힘을 가진 가문에 속해 있는 인물이었다.

실지로 군부에서 헤비로 후작은 무시할 수 없는 위치에 있기도 했다.

바이탈 왕국에서는 대단한 위치일지는 몰라도 그리 뛰어난 인재는 아니었다.

조금 명성이 있기는 하지만 그리 대단한 명성을 가진 사람이 아니었기 때문이다.

국왕은 글레드 자작이 추천을 하는 헤비로 후작에 대해 생각을 보았다.

전쟁을 하려면 전략에 밝아야 했고, 과감한 모습을 보여 줄 필요도 있었고, 여러 가지로 상황에 대처를 할 수 있는 인물을 뽑아야 했기 때문에 고민이 되는 문제였다.

국왕이 고민을 하는 모습을 보이자 글레드 자작은 속이 탔다.

이번 사령관의 임명에 헤비로 후작이 떨어지게 되면 그동안 받아먹은 뇌물들을 도로 토해야 했다.

그런데 받은 뇌물이 적지 않은 금액이고, 글레드 자작이 그동안 많은 금액을 사용하였기에 도저히 갚을 능력이 되지 않는다는 것이 문제였다.

글레드 자작이 초조한 심정으로 국왕을 보고 있을 때, 국왕의 입이 열리고 있었다.

"글레드 자작은 헤비로 후작이 사령관이 되면 전쟁에서 승리를 할 수 있을 것이라 생각하는가?"

글레드 자작은 이번이 마지막 기회라고 생각하고 최선을 다해 헤비로 후작을 칭찬하기로 했다.

"폐하, 헤비로 후작은 이미 오랜 시간을 군부에서 근무하였던 귀족입니다. 그리고 군부에 있는 동안 전략이 뛰어나다는 평을 받고 있는 인물이니, 이번 전쟁에 많은 공을 세워 폐하의 이름을 세상에 알리게 할 것입니다. 이는 공적으로는 왕국의 이름을 알리는 것이고, 개인적으로는 국왕 폐하의 명성을 높이는 것이라고 생각합니다."

자신의 명성이 쌓인다는 글레드 자작의 말에 국왕은 입에 미소를 지었다.

"자작이 칭찬을 하는 것을 보니 헤비로 후작이 군부에서 대단한 명성을 가지고 있는 모양이군그래."

"예, 우리 왕국의 군부에서는 많은 지지를 받고 있는

인물입니다. 폐하."

글레드 자작의 칭찬에 국왕도 마음이 흔들리고 있었다.

지난 전쟁에 대한 복수로 전쟁을 시작하려고 하였지만 이미 승리를 할 수 있는 전쟁이라면 충분히 명성을 쌓는 것도 나쁘지 않다는 생각이 들어서였다.

"글레드 자작, 내일 귀족들에게 연락을 하게. 전체 회의가 있다고 말이야."

국왕은 마음을 정했는지 바로 지시를 내렸다.

글레드 자작은 드디어 국왕이 마음을 정했다는 것을 느꼈다.

"알겠습니다, 국왕 폐하."

글레드 자작의 힘 있는 대답에 국왕의 입가에는 잔잔한 미소가 새겨졌다.

글레드 자작은 국왕과 헤어져 바로 통신실로 달려갔다.

내일 있을 전체 귀족 회의에 대해 연락을 하기 위해서였다.

시종들을 시켜도 되지만 국왕의 명령은 직접 이행을 해야 하기 때문에 자신이 직접 가야 했다.

바이탈 왕국의 통신실에는 항상 대기를 하는 마법사가 있었다.

그 통신실의 문이 열며 안으로 들어오는 인물이 있었으니 바로 글레드 자작이었다.

"자작님이 어쩐 일이십니까?"

마법사는 평소에 글레드 자작을 자주 보았는지 바로 아는 척을 하였다.

"올렌 마법사, 지급으로 귀족들에게 연락을 하도록 하게. 내일은 전체 귀족 회의가 있으니 모두 참석을 하라는 국왕 폐하의 지시이네."

마법사는 국왕의 명령이라는 말에 즉각적으로 대답을 했다.

"예, 자작님."

마법사는 바로 귀족가에 연락을 하기 시작했다.

글레드 자작은 이제 자신의 일을 마쳤으니 개인적인 일을 처리하기 위해 움직였다.

바로 헤비로 후작의 저택으로 가는 일이었다.

내일 있을 전체 귀족 회의에서 헤비로 후작이 사령관으로 임명이 될 것이니 미리 통보를 해 주어야 했기 때문이다.

"크크. 이번에 사령관이 되면 얼마나 줄지가 기대되는구나."

글레드 자작은 헤비로 후작이 얼마나 많은 보상을 해 줄지를 기대하며 즐거운 마음으로 궁을 나가고 있었다.

바이탈 왕국의 귀족들이 살고 있는 곳의 입구에 마차와 호위를 하는 기사들이 이동을 하고 있었다.

마차는 커다란 대로를 달려 커다란 저택의 입구로 도착을 하였다.

"잠시만 멈추십시오."

"글레드 자작님이 헤비로 후작 각하를 뵙기 위해 왔다고 전하라."

정문의 병사는 기사의 말에 황급히 인사를 하였다.

"글레드 자작님이십니까?"

"그렇네. 자작님이 중요한 일로 후작 각하를 뵙기 위해 왔으니 속히 안에 연락을 하게."

"알겠습니다, 기사님."

기사의 지시에 병사는 빠르게 안으로 사라졌다.

마차가 정문의 입구에서 잠시 기다리고 있으니, 안에서 기사들이 나왔다.

"후작 각하께서 자작님을 뵙자고 하십니다."

"알겠소."

기사의 대답에 마차는 정문을 통과하여 안으로 유유히

사라졌다.

호화롭지는 않지만 그래도 전통의 양식을 그대로 살려 지은 저택의 안에는 바이탈 왕국의 헤비로 후작과 글레드 자작이 마주 앉아 있었다.

"후작 각하, 내일 국왕 폐하께서 왕국군의 총사령관으로 임명을 하게 될 것입니다."

"허허허. 자작이 수고하였네. 내 그 은혜를 잊지 않지."

"헤헤, 제가 조금 노력을 하였습니다. 후작 각하."

글레드 자작이 헤비로 후작의 앞에서 권위가 없는 사람 인지 헤실거리고 있는 것이, 아마도 무언가 원하는 것이 있는 것 같았다.

국왕의 비서라는 자리가 아무나 차지할 수 있는 자리는 아니었기에 항상 이렇게 많은 뇌물이 오고 가는 자리였고, 글레드 자작은 그런 자리에 있는 동안 많은 자금을 모으 려고 하였다.

후작은 그런 자작을 탓하고 싶은 마음은 없었기에 그저 웃으면서 대화를 하고 있는 중이었다.

"자네가 고생했다는 것을 알고 있으니 걱정 말게."

헤비로 후작은 글레드 자작이 무엇을 원하는지를 알고

있었다.

글레드 자작도 예전에는 상당히 유능한 인재였는데, 현재는 그 부인 때문에 이렇게 자금에 목말라 하고 있었다.

글레드 자작의 부인이 왕국에서 조금 미인으로 소문이 나 있었고, 자작은 부인으로 맞이하기 위해 많은 자금을 투자하여 결국 자신의 아내로 만들기는 했다. 하지만 문제는 자작의 부인의 씀씀이가 헤프다는 것이었다.

평소에도 공주병이 심한 자작의 아내는 허영심도 심하기 때문에 자작의 재산을 펑펑 쓰고 있었다.

글레드 자작은 그런 아내에게 자금을 대 주기 위해 이렇게 뇌물을 받고 일을 봐주고 있는 중이었다.

글레드 자작도 처음부터 이렇게 뇌물을 받는 사람은 아니었다.

단지 아내를 잘못 만나 아내의 뒷바라지를 해 주기 위해 이렇게 타락의 길을 걷게 되었던 것이다.

"후작 각하, 총사령관이 되었으니 내일은 근사하게 파티를 여십시오."

"알겠네. 내일 내가 파티 준비를 하라고 하지. 자네도 기대하게, 충분한 보상이 있을 것이네."

글레드 자작은 가장 듣고 싶었던 말을 들었기에 입가에

행복한 미소가 걸렸다.

"헤헤헤. 감사합니다, 후작 각하."

글레드 자작이 자신의 앞에서는 저렇게 행동하지만 결코 저렇게 헤픈 사람이 아니라는 것을 잘 알고 있었다.

지금은 아내의 문제로 저렇게 행동을 하고 있지만 기회가 오면 절대 놓치지 않는 그런 냉혹한 성격도 가지고 있는 그런 인물이었다.

바이칼 왕국의 전체 귀족 회의가 열렸다.

이번 귀족 회의는 전쟁의 사령관을 정하는 자리였기에 모든 귀족들이 참석을 하였다.

귀족들이 모여 있는 자리에서 국왕은 자신의 직권인 사령관을 지명하였다.

"이번 전쟁의 총사령관은 헤비로 후작으로 선택하였으니, 총사령관의 지시에 따라 반드시 승리를 하기를 바라오. 후작도 사령관이 되었으니 한마디 하시오."

"감사합니다, 국왕 폐하."

헤비로 후작은 국왕에게 간단하게 감사의 인사를 하고는 귀족들을 보았다.

"우리는 지난 전쟁에 치욕스러운 패전이라는 불명예를 지며 엄청난 배상금을 지불하였소. 전쟁을 해 보지도 못하고 패전이라는 불명예를 가지게 되었으니 이보다 더 치욕스러운 일은 없을 것이라고 생각하오. 본 후작은 이번 전쟁에 지난 일에 대한 치욕을 갚고, 왕국의 번영을 위해 헤이론 왕국을 지도상에서 지워 버리려고 하오. 나는 왕국의 총사령관으로서 이번 전쟁에 책임을 지고 반드시 승리를 가지고 올 것이오."

헤비로 후작의 말에 모여 있는 모든 귀족들이 극찬을 하였다.

"총사령관님 훌륭한 연설이었습니다."

"지도상에서 헤이론이라는 이름을 지운다는 대목은 정말 감명 깊게 들었습니다."

귀족들은 너도 나도 칭찬을 하며 헤비로 후작에게 아부를 하기 시작했다.

일부 인사들은 그런 행동에 눈살을 찌푸리고 있었지만, 대부분의 귀족들이 이번 전쟁에 참전을 하기 때문에 총사령관과의 사이가 원만해지기를 바라고 있었다.

전쟁 시에 총사령관의 명령은 국왕의 명령과 같은 효과를 보기 때문에 전장에서는 어떠한 명령이라도 따라야 했다.

그런 막강한 권한을 가진 사령관에게 밉보일 이유는 없

었기 때문이다.

바이탈 왕국은 이렇게 전쟁을 하기 위한 준비를 차곡차곡하고 있었고, 이제 전쟁은 초읽기에 들어가고 있었다.

"국왕 폐하, 제리알, 가원, 비스터 공국에서 사신이 도착하였습니다."

국왕과 귀족들은 세 공국에서 사신이 왔다고 하니 조금 어수선한 분위기가 되었다.

"공국에서 무슨 일이지?"

"혹시 우리가 전쟁을 준비한다는 소식을 듣고 온 것이 아닐까?"

귀족들이 수군거리고 있을 때, 국왕은 입가에 미소를 지으며 대답을 하였다.

"어서 드시라 하라."

국왕은 이미 공국들이 이번 전쟁에 참여한다는 소식을 제국으로부터 들었기에 이렇게 차분할 수가 있었다.

세 공국은 이번 전쟁에서 아레아를 책임지고, 자신의 왕국에서는 헤이론을 책임지기로 하였기 때문이다.

바이탈 왕국의 국왕은 아레아 공국과도 전쟁을 하고 싶었지만, 사실 브레인에 대한 두려움을 떨칠 수는 없었기에 제국의 의견을 받아들이게 되었다.

물론 그로 인해 기사단을 지원받기로 하였지만 말이다.

제국과 바이탈 왕국은 이런 비밀스러운 약속이 있었기에 전쟁을 하려고 하였다.

공국의 사신들이 들어오자 귀족들은 조용해졌다.

일국의 사신들이 있는 자리에서 교양 없이 떠들 수는 없었기 때문이다.

"국왕 폐하를 뵈옵니다. 저는 제리알 공국의 아이토 백작이라고 합니다."

"저는 가윈 공국의 에리트 백작이라고 합니다."

"저는 비스터 공국의 크리알 백작이라고 합니다."

공국의 사신들이 정중하게 국왕에게 인사를 하자 국왕은 아주 흐뭇한 미소를 지으면 이들을 반겨 주었다.

"어서 오시오. 오시느라 고생하였소."

"아닙니다, 국왕 폐하."

사신들의 예의 바른 태도에 국왕은 아주 즐거워했다.

귀족들은 공국의 사신들이 왜 여기에 있는지를 몰랐지만 일부 귀족들은 알고 있었다.

그 일부의 귀족은 바로 제국에 줄을 대고 있는 사람들이었다.

이번 전쟁을 일으키려고 하는 존재들이기도 했다.

"그래, 우리 왕국에는 어쩐 일로 오신 것이오?"

"폐하, 저희가 온 이유는 여기 서신을 전하기 위해서입니다."

사신들은 품에 있는 서신을 꺼내 보여 주었다.

국왕은 이미 알고 있는 사실이지만 그래도 귀족들이 있는 자리에서 아는 척을 할 수는 없었는지 옆에 있는 기사에게 눈치를 주었다.

기사는 국왕의 눈치에 바로 사신의 손에 있는 서신을 받아 국왕에게 주었다.

국왕은 서신을 조심스럽게 읽어 나갔다.

한참의 시간을 서신만 보고 있던 국왕은 아주 즐거운 얼굴을 하며 사신들을 보며 입을 열었다.

"하하하. 공왕들의 서신을 보니 무슨 일인지 알겠으니, 일단 오늘은 쉬고 내일 이야기를 하도록 합시다."

공국의 사신들도 오늘 이 자리가 그냥 형식적인 자리라는 것을 알고 있기에 군소리 없이 바로 대답을 하였다.

"그렇게 하겠습니다, 폐하."

"감사합니다, 폐하."

사신들의 대답에 국왕은 바로 시종장에게 명령을 내렸다.

"시종장은 사신들이 편히 쉴 수 있도록 안내를 해 드리도록 해라."

"예, 폐하."

시종장이 사신들을 데리고 조용히 물러가자, 국왕은 귀족들을 보며 서신의 내용을 공개하기 시작했다.

귀족들도 국왕이 서신을 보고 즐거워하는 것에 무슨 내용인지를 궁금해하고 있었다.

"하하하. 아주 좋은 소식이 있소. 세 공국에서 이번 전쟁에 자신들도 도움을 주겠다고 하는구려."

"옛? 세 공국에서 어찌 알고 도움을 주겠다는 말입니까?"

"그렇습니다. 이는 정보가 새고 있다는 이야기입니다."

국왕은 귀족들의 반응을 아주 재미있다는 표정으로 보았다.

정보가 샌 것이 아니라 이미 짜고 하는 계획이기에 당연히 알고 있는 사실이었기 때문이다.

카이라 제국의 도움으로 바이탈 왕국은 헤이론 왕국을 차지하고, 세 공국에서는 아티팩트를 얻기로 협의를 하였기 때문이다.

세 공국에서는 아레아의 땅은 필요가 없었고, 단지 아

티팩트만 필요하였다.

이들이 근접해 있는 곳은 아레아와는 상당한 거리가 있었기 때문이다.

몬스터 천국의 규모는 엄청난 크기의 땅이었고, 그 위치가 상당히 애매하게도 기다란 모양이었다.

대륙의 절반을 가로지르는 크기의 몬스터 천국이었기에 많은 왕국들이 영지를 잃고 약소국으로 변하였던 것이다.

바이탈 국왕은 귀족들이 궁금해하는 부분을 조금 간략하게 설명하기 시작했다.

"모두 궁금해하니 그동안 있었던 일들을 이야기해 주겠소. 이번 전쟁에 절대 패배를 하지 않는 이유를 말이오."

국왕은 카이라 제국이 개입이 되어 세 공국의 지원을 받는 대신에 제국의 기사단을 지원받기로 하였다는 말을 해 주었다.

그리고 세 공국은 헤이론 왕국에는 관심이 없고, 오로지 아레아 공국에만 관심을 가지고 있다는 말도 해 주었다.

그러면서 아티팩트가 대단하기는 하지만 문제점이 있다는 것도 모두 이야기해 주었다.

"그…… 그런 일이……."

"폐하, 제국이 개입이 되었다는 것을 미리 이야기를 해 주시지 그랬습니까."

"하하하. 미안하지만 이번 일은 극비로 진행이 되어 그렇게 되었소. 이번 전쟁에는 반드시 승리를 해야 하기 때문에 나도 조심을 하였던 것이오."

"하지만 아티팩트를 포기하신 것은 조금 그렇습니다."

귀족들은 아티팩트를 포기한 국왕의 처사가 불만인 모양이었다.

국왕도 아티팩트가 아깝지 않은 것은 아니지만 아무리 많은 영토라고 해도 주인이 이동을 하지 못하게 하는 물건이라면 왕국과는 결국 따로 놀게 되기 때문에 과감하게 포기를 하였던 것이다.

그러나 귀족들의 입장은 국왕과는 달랐다.

귀족들에게는 아티팩트를 이용하여 엄청난 영지를 얻을 수 있다는 점이 아주 매력적이었는데, 국왕이 그런 중요한 물건을 포기를 하였다고 하니 실망을 할 수밖에 없었다.

하지만 헤이론 왕국의 영토를 얻게 되었다는 사실만으로도 귀족들에게는 새로운 희망을 줄 수 있는 문제였다.

"모두 아티팩트가 탐이 날지는 모르지만 그 아티팩트는

제국에서도 노리고 있는 물건이니 욕심을 부리지 마시기를 바라오. 나도 아티팩트가 탐이 나기는 하지만 제국 때문에 포기를 한 것이니, 우리는 헤이론 왕국의 땅을 얻은 것으로 만족합시다."

국왕의 말에 불만을 가지고 있던 귀족들은 바로 마음을 돌렸다.

카이라 제국이 욕심을 내는 물건이라면 자신들이 가지고 있어 봤자 가문이 화만 당할 뿐이었다.

아티팩트 하나 때문에 가문이 멸망하고 싶지는 않았다. 아무리 좋은 것이라고 해도 가문의 살아 있어야 좋은 것이기 때문이다.

"제국이 원하는 물건이라고 하니 국왕 폐하의 결단이 아주 훌륭한 것이라 생각합니다."

"그렇습니다. 폐하의 결단이 왕국의 미래를 밝히게 되었습니다."

귀족들은 국왕의 설명을 듣고는 바로 국왕에게 아첨을 하기 시작했다.

아티팩트는 날아갔지만 이제 헤이론 왕국의 영토가 남아 있기 때문이다.

헤이론 왕국의 영토를 점령하게 되면 그 영지의 배분이

있어야 하고, 귀족들은 서로가 더 많은 영지를 얻기 위해 치열한 암투를 벌여야 했다.

국왕이 배분하는 것도 중요하지만, 전쟁을 지휘하는 총사령관이 그만한 공을 세웠다는 보고를 하게 되면 공을 세운 당사자는 그 공을 인정받아 영지를 받을 수가 있었다.

물론 국왕의 허락이 있어야 하지만 말이다.

"세 공국은 우리와 헤이론 왕국의 전쟁에는 관심이 없고, 오로지 아레아 공국과의 전쟁에만 관심이 있다고 하오. 아레아 공국이 헤이론 왕국에 도움을 주고 싶어도 세 공국과 전쟁을 해야 하니 도움을 주지 못하게 되었으니, 우리는 조금 편하게 헤이론 왕국을 점령할 수가 있게 되었다는 말이오. 아티팩트를 포기하는 것이 아깝기는 하지만, 그래도 헤이론 왕국을 얻는 것이 더 이익이라고 생각해서 내린 결정이니 모두 그렇게 알고 따라 주시기를 바라오."

국왕의 긴 연설에 귀족들은 오늘따라 국왕이 상당히 똑똑한 것 같다고 느꼈다.

"국왕 폐하의 뜻에 따르겠습니다."

"좋은 결정이었습니다, 폐하."

귀족들이 자신의 말에 따르겠다고 하자 국왕은 대단히 기뻐하였다.

'흐흐흐. 이렇게까지 하는데 따르지 않을 수가 없겠지.'

국왕은 속으로 그렇게 생각하며 음흉한 미소를 짓고 있었다.

국왕은 아마도 따로 무언가를 꾸미고 있는 것 같아 보였다.

바이탈 왕국의 국왕이나 귀족들은 모두가 욕심에 눈이 가려져 있는 모양이었다.

카이라 제국의 개입으로 아레아 공국이 참전을 하지 못한다는 것과 제국의 기사단이 함께 전쟁을 한다는 것이 이들에게는 그렇게 힘을 주는 것인지는 모르지만 말이다.

바이탈 왕국과 세 공국의 음모는 이렇게 진행이 되고 있었다.

대륙의 사정이 이상하게 흐르고 있었지만, 아레아는 아직도 공사를 진행하고 있었다.

"이제 어느 정도나 공사가 진척이 되었소?"

"아직은 진행이 되고 있는 중입니다, 공왕 전하."

"그래, 그러면 항구는 어찌하고 있소?"

"상단의 힘을 이용하여 배는 이미 준비를 하였지만 항구는 아직 시간이 필요합니다."

아리스 상단주는 브레인의 가신이 되어 이제는 아레아의 일에 전적으로 책임을 지고 있었다.

아레아 상단을 떠난 상인들은 대륙에 새로운 상단을 만들고 있었지만 대륙에 새로운 상단은 수시로 만들어지는 것이라 다른 상단에서는 그리 신경을 쓰지 않고 있었다.

아레아 상단은 아직은 소문이 나지 않았을 때 최대한 많은 물건들을 구입하였고, 다른 상단이 보기에는 상단의 규모를 키우기 위해 그런 것처럼 보여 주었다.

실지로 상단의 규모가 작아진 것은 아니었기에 가능한 일이었고 말이다.

"다른 일보다는 항구를 만드는 것에 가장 신경을 써서 해 주었으면 하오. 우리 공국의 출입구를 옮기는 일이 가장 시급하니 말이오."

"알겠습니다. 지금도 최대한 공사를 당기려고 하고 있는 중입니다. 공왕 전하."

브레인도 항구를 건설하는 것이 쉬운 일이 아니라는 것은 알지만, 그래도 최대한 빨리 완공을 하였으면 하는 마음이었다.

항구가 완성이 되어야 모든 준비를 할 수가 있기 때문이었다.

공국의 입구를 막기 전에 헤이론 왕국민들을 받아들여야 하고, 그 뒤에 바로 입구를 폐쇄해야 하니 시간이 급해져서였다.

정보에 의하면 바이탈 왕국이 전쟁을 하기 위해 모든 준비를 마쳤다고 하였기 때문에 이제 전쟁은 초읽기에 들어갔다고 보고 있었다.

"공왕 전하, 항구의 공사도 중요하지만 헤이론 왕국과 통하는 통로에 대한 문제도 시급합니다."

엔더슨은 헤이론 왕국과 통하는 출입구를 막는다는 말에 어디까지 막을 것인지를 들었고, 그러면 몬스터들이 몰려드는 구역을 다시 지정해 새롭게 마을을 꾸며야 하기 때문이었다.

국경 근처에는 아직도 마을들이 남아 있었고, 아레아 공국에서는 이들을 모두 공국의 안으로 철수시키고 있는 중이었다.

"헤이론과 통하는 통로에 있는 마을들은 모두 철수하지 않았는가?"

"지금도 철수를 하고 있지만 아직도 남아 있는 마을이 제법 있습니다."

"흠, 공국의 사정을 설명하고 그들을 최대한 빨리 안으로 들어가게 하게. 그리고 헤이론 왕국과 바이탈 왕국의 전쟁이 늦어도 이달이면 시작을 하게 되니, 요새에 있는 알렝 자작을 설득할 사람을 보내서 우리 쪽으로 오게 만들어."

브레인은 알렝 자작이 전쟁으로 죽는 것을 바라지 않았기에 기회를 주려고 하였다.

"알렝 자작은 왕국의 귀족이기도 하지만 기사의 대표적인 성품을 가진 귀족입니다. 그런 사람이 공왕 전하께 오려고 하겠습니까."

엔더슨 알렝 자작과 지낸 시간이 있어 그의 인품을 알고 하는 말이었다.

"나도 알지만 그래도 최대한 설득을 해 줘. 그리고 요새와의 거리는 최대한 멀리 떨어지게 하는 것 잊지 말고."

브레인은 요새와 아레아 공국의 거리를 최대한 멀게 하려고 하였다.

그렇게 해야 몬스터들이 움직일 수 있기 때문이었다.

대부분의 몬스터들이 다른 지역에 있지만, 에레나를 이

용하면 몬스터들을 요새와 가까운 지역으로 몰 수가 있었기 때문이다.

"그 문제는 걱정하지 않으셔도 됩니다. 이미 조치를 취했으니 말입니다."

엔더슨은 몬스터를 이용하여 공국의 안전을 책임지려는 계획에 무조건 찬성을 하였다.

공국의 병사들이 피해를 입지 않아도 되니 당연히 찬성할 수밖에 없는 일이었다.

"우리 공국은 이제 항구를 건설하는 데 전력을 쏟아야 할 거야. 그렇지 않으면 출입구가 없으니 결국 굶어 죽을 테니 말이야."

브레인의 말에 엔더슨도 항구 건설이 시급하다는 것을 느꼈다.

"항구가 급하니 일단 가장 먼저 항구를 건설하는 것에 인력을 배치하겠습니다. 항구를 만들고 나서 다른 공사를 해도 되니 말입니다. 그보다 상단주님, 자재는 더 이상 필요하지 않습니까?"

엔더슨은 브레인이 아직 아리스 상단주의 직책을 정해 주지 않아 예전에 부르던 대로 상단주라고 부르고 있었다.

브레인은 엔더슨이 상단주라고 부르는 것을 보고 자신

이 아직도 상단주의 직책을 정해 주지 않았다는 것을 깨닫고는 조금 미안한 표정을 지었다.

그런 브레인의 얼굴을 보는 엔더슨의 얼굴에는 미묘한 표정이 지어졌다.

'흐흐흐. 공왕 전하, 그러게 빨리 직책을 정해 주라고 하지 않았습니까.'

엔더슨은 브레인에게 아리스 상단주에 대한 직책을 정해 주라고 하였지만, 그동안 사실 너무 바빠 브레인도 신경을 써 주지 못하고 있었다.

브레인은 미안한 마음에 이 자리에서 상단주의 직책을 정해 주려고 하였다.

"아리스 상단주를 공국의 후작으로 정하고, 그 직책은 외무부를 책임지는 것으로 했으면 하는데 어떻소?"

아리스 상단주는 브레인이 갑자기 자신의 작위와 직책을 주는 바람에 조금 놀란 얼굴이 되었다.

하지만 이미 어느 정도는 예상하고 있었던 것이라 파격적인 자신의 작위도 긍정적으로 받아들이기로 했다.

"감사합니다, 공왕 전하."

아리스 상단주는 감사의 인사를 하였다.

"그런데 상단주라고만 불렀는데, 이름이 무엇이오?"

브레인은 그동안 상단을 책임지고 있으니 편하게 상단 주라고만 불렀는데, 이제는 작위를 가진 귀족이 되었으니 이름을 불러 주어야 한다는 생각에 묻게 되었다.

아리스 상단주는 브레인의 갑작스러운 말에 잠시 고민에 빠진 얼굴을 하였지만 이내 무언가 결심을 하였는지 입을 열었다.

"저의 이름은 하케인 폰 더글라스라고 하옵니다, 공왕 전하."

브레인은 아직 대륙의 역사에는 지식이 부족하여 아리스 상단주의 이름을 듣고도 이해가 가지 않았다.

자신의 이름을 말하는 것에 주저하는 모습에 조금 이상한 기분이 들어서였다.

"더글라스라, 좋은 이름인데 왜 평민으로 지낸 것이오?"

브레인은 이름만 들어도 귀족이라는 것을 알 수 있는데 스스로 평민의 삶을 살고 있으니 이해가 가지 않아 물었다.

엔더슨은 더글라스라는 말을 듣고는 어디선가 들은 성이라는 생각이 들었다.

'어디서 들었는데 기억이 나지 않네?'

엔더슨의 이상한 표정에 상단주는 씁쓸한 표정을 지으며 자신의 사정을 말하기 시작했다.

"공왕 전하, 저의 이름을 들으셨으니 아시겠지만, 저는 원래 귀족의 가문에서 태어났지만 가문이 멸망을 하는 바람에 이렇게 평민으로 생활을 하게 되었습니다. 더글라스가는 크레이너 제국의 후작가였지만 반역이라는 음모에 당해 멸망을 하고 말았습니다. 저는 당시 저택에 있지 않고 밖에 있는 바람에 이렇게 살아남게 되었습니다."

브레인은 하케인의 말을 듣고는 그의 사정을 대충 알게 되었다.

"흠, 그러면 가문에 음모를 꾸민 주재자는 알아내었소?"

"아직도 진정한 흉수는 알아내지 못하고 있습니다. 다만 크레이너 제국의 자이론 백작이 저의 가문을 망하게 하는 데 앞장을 섰다는 것만 알게 되었습니다. 그도 아마 진정한 음모의 주인은 아닐 것입니다."

"가문의 원수를 갚아야 하는데 아직 원수가 누구인지도 모른다니 답답했겠소. 앞으로 그대를 하케인 경이라고 부르겠소. 자신의 이름을 가지고 다른 이름으로 불려서야 되겠소."

브레인의 말에 하케인은 감격의 눈물을 흘렸다.

"감사합니다, 공왕 전하."

하케인은 드디어 자신의 이름을 찾았다는 생각에 지난 세월이 생각이 나서 자신도 모르게 눈물이 흘렀다.

8.
선전포고

바이탈 왕국은 드디어 모든 준비를 마쳤는지 헤이론 왕국을 향해 선전포고를 했다.

바이탈 왕국군은 왕국군의 규모가 아닌 제국군의 규모로 진군을 시작하였다.

이들은 세 공국의 군대를 모두 합쳐 진군을 하기 때문에 그 수가 엄청나 보였다.

세 공국은 각 십만의 군대를 동원하였고, 바이탈 왕국에서도 이십만의 군대를 동원하여 진군을 하니, 무려 오십만의 군대가 헤이론 왕국을 향해 진군하고 있었다.

이들의 진군 소식은 국경을 통해 바로 수도로 보고가

되었고, 헤이론 왕국의 왕성에는 지금 난리가 났다.

"폐하, 바이탈 왕국군의 규모가 무려 오십만이나 된다고 하옵니다."

"아니, 무슨 소리요? 바이탈 왕국은 지난 전쟁에 패전을 하여 그렇게 많은 군대를 보유할 수 없다고 하지 않았소?"

헤이론 국왕은 바이탈 왕국이 선전포고를 한 지가 언제인데 그들의 군대가 오십만이나 된다는 말에 깜짝 놀라고 말았다.

"국경에 있는 파넨 자작이 직접 적의 동정을 살피고 한 보고이니 정확한 보고입니다."

"아니, 바이탈 왕국이 어떻게 그렇게 대규모의 군대를 만들 수가 있다는 말이오?"

"그렇습니다. 이는 바이탈 왕국만으로는 절대 할 수 없는 일입니다."

대륙에 모든 나라가 생각하기에도 이상한 규모의 군대였다.

바이탈은 지난 전쟁에 엄청난 배상금을 지불하여 사실상 군대의 규모를 늘릴 수가 없는 상황이었다.

일부 귀족 가문에서 기사들을 더 키울 수는 있어도, 저렇게 엄청난 수의 병사를 보유할 수는 없었다.

병사를 키우는 일은 그만한 자금이 들어가야 하는 일인데, 바이탈 왕국의 사정상 절대 그런 일은 벌어질 수가 없는 일이었다.

"폐하, 바이탈 왕국이 선전포고를 한 것엔 카이라 제국의 개입이 있었던 것 같습니다. 아니면 절대 일어나서는 안 되는 일이 벌어지고 있는 것입니다."

귀족들은 중구난방 떠들기 시작했다.

"모두 조용히 하시오. 바이탈 왕국의 군대가 오십만이나 된다는 말은 제국이 개입하지 않고는 도저히 벌어질 수 없는 일이라는 것을 나도 알고 있지만, 카이라 제국이 개입을 하였다는 증거가 없지 않소. 그리고 가장 중요한 것은 지금 적들이 오고 있다는 것이오. 과연 우리가 이번 전쟁에서 이길 수가 있겠소?"

국왕은 바이탈이 전쟁을 하려고 할 것이라 상상도 하지 못하고 있었다.

설사 전쟁을 한다고 해도 바이탈 정도는 충분히 이길 수 있을 것이라는 확신을 가지고 있었는데, 지금은 전혀 그런 생각이 사라지고 없어졌다.

국왕의 발언에 귀족들은 어수선한 분위기만 만들고 있

었다.

"폐하, 일단 국경에 중앙군을 보내고, 왕국 전역에 징병을 해야 합니다. 이대로는 절대 전쟁에 승리를 할 수가 없습니다."

수도 방위 사령관으로 있는 라빈 백작의 발언이었다.

라빈 백작은 군부 출신의 귀족이었기에 전시에 행해야 하는 일에 대해서는 숙지하고 있는 인물이었다.

"그렇습니다. 중앙군을 모두 국경에 보내고, 징병을 서둘러야 합니다. 우리에게는 시간이 부족하니 시급하게 처리를 해야 합니다."

지난 전쟁에 일군단장을 역임한 체리 후작의 발언이었다.

체리 후작은 지난 전쟁에 승리를 하고, 아직도 일군단에 남아 있는 군부의 귀족이었다.

나이가 있기는 하지만 명예를 더 중시하는 귀족이었고, 헤이론 왕국에서 가장 군인 같은 귀족이라고 할 수 있는 인물이었다.

"국경에 중앙군을 모두 보내도록 하시오. 이번 전쟁의 총사령관은 체리 후작이 맡도록 하시오."

시간이 없다는 말에 국왕은 바로 체리 후작을 사령관으

로 임명하였다.

지난 전쟁에 체리 후작의 공도 있었기에 일단 위기를 모면하기 위해 선택한 일이었다.

체리 후작은 국왕의 명령에 바로 대답을 하였다.

"알겠습니다. 바로 준비를 하여 출발을 하도록 하겠습니다. 폐하."

"국경이 불안하면 제2선까지 후퇴를 해서라도 적의 진격을 막도록 하시오. 그래야 징병을 해서 적을 막을 수가 있으니 말이오."

국왕은 지난 전쟁에도 그렇지만 지금도 정신을 차리지 못하는 것 같았다.

전쟁이 국왕의 생각대로 이루어지는 것이 아니라는 것을 아직도 깨닫지 못하고 있었다.

바이칼 후작은 국왕이 허둥거리는 것을 보고 조용히 입을 열었다.

"국왕 폐하, 아레아 공국에 연락을 하여 지원을 받는 것이 좋을 것 같습니다."

국왕은 바이칼 후작의 말에 바로 인상이 써졌다.

"아니, 후작은 지금 정신이 있는 것이오? 없는 것이오? 아레아가 독립을 한 후 우리 왕국에서 그들에게 무엇을 도와주었소. 그런데 전쟁에 도움을 달라고 하면 좋다고 도와주겠소."

국왕은 브레인과 사이가 좋지 않는 것을 말하고 있었다.

이렇게 전쟁이 다시 일어날 것을 알았다면 아레아를 무시하지 않고 지원을 해 주었겠지만, 이미 아레아에 대한 지원을 중단한 상태에서 저런 말을 하는 바이칼 후작의 발언에 화가 났다.

"국왕 폐하, 우리가 잘못을 한 것은 인정하지만 지금은 그런 잘잘못을 따질 때가 아니라고 생각합니다. 그러니 정중하게 아레아 공국에 지원을 요청하고, 저들이 원하는 것을 주는 것이 가장 좋은 방법입니다. 우리는 아레아의 힘을 약화시킬 수가 있고, 바이탈 왕국과의 전쟁에서 승리를 할 수 있으니, 일거양득의 기회라고 볼 수도 있는 일이옵니다."

왕국의 현자라는 인물이 하는 발언에 귀족들도 솔깃한 표정을 지었다.

국왕은 아레아를 끌어들여 전쟁에 승리를 하게 되면 바이칼 후작의 말대로 아레아의 전력을 약화시키게 된다는 것에 바로 얼굴색이 달라졌다.

"그러면 사신으로 바이칼 후작이 직접 다녀오시오. 내 이번 일을 성사시키면 그대를 왕국의 공작으로 승작을 약속하겠소."

국왕은 아레아 공국의 사신으로 바이칼 후작을 지정하며 보내려고 했다.

바이칼 후작은 국왕이 자신을 지목하며 사신으로 가라고 하니 속으로 뜨끔하였다.

'아니, 왜 나보고 가라는 말이야? 내가 간다고 해서 무슨 방법이 있는 것도 아닌데 말이지.'

바이칼 후작은 속으로 자신을 지목한 국왕을 욕하면서 겉으로는 전혀 그렇지 않는 철면피의 단계를 보여 주고 있었다.

"국왕 폐하, 아레아로 가는 사신은 저보다는 지난 전쟁에 함께하였던 귀족을 보내시는 것이 좋을 것 같습니다. 왕국에 좋은 감정을 가지고 있지 않는 공왕에게는 차라리 지난 전쟁에 함께하였던 귀족이 가서 정중하게 사과를 하며 지원을 부탁하는 것이 좋습니다."

바이칼 후작은 자신이 가지 않으려고 방법을 찾다가 가장 효과적인 방법을 찾았다.

국왕도 후작의 말을 듣고는 아레아 공국의 브레인을 달

래야 하는 입장이라 좋은 방법이라는 생각이 들었다.

사신과 사이가 좋으면 지원을 받는 데 도움이 되기에 함께 전투를 한 귀족이 가면 좋을 것 같아서였다.

"흠, 좋은 의견이오. 그러면 아레아 공국에 누가 갔으면 좋겠소?"

국왕의 말에 귀족들은 한참을 생각하였지만 갑자기 생각을 하니 떠오르는 인물이 없었다.

그때 바이라크 백작이 발언을 하였다.

"폐하, 아레아 공국과 사이가 가장 좋은 귀족은 아레아 공국 쪽의 국경을 지키고 있는 알렝 자작일 것입니다. 사신으로 그를 보내는 것이 어떻습니까?"

바이라크 백작의 말에 모든 귀족들이 환한 표정을 지었다.

누군가는 희생을 해야 하는 상황이었기에 보내기는 해야 했지만 가려고 하는 사람이 없었다. 그런 상황에서 바이라크 백작의 발언은 이들의 숨통을 터 주는 것이었다.

"알렝 자작이라면 아레아 공국과 가장 가까이 있는 귀족이고, 브레인 공왕과 개인적인 친분도 있는 사람이니 적당할 것 같습니다."

"그렇습니다. 가장 적당한 인사입니다. 폐하."

귀족들은 아레아 공국에 행한 행동이 있기에 서로 가지 않으려고 하고 있었다.

아레아 공국에 가서 어떤 모멸을 당할지 생각하면 등에 식은땀이 흐르는 기분이었다.

자신들의 국왕이 아레아를 지원하지 않기 위해 갖은 방법을 동원하여 방해를 하였다는 것을 이들도 알고 있어서였다.

알렝 자작이야 수도에 머무는 귀족이 아니었기에 어느 정도 보상만 해 주면 갈 수 있을 것이라는 생각이 들어서이기도 했다.

국왕은 알렝 자작을 보내기로 마음을 정했는지 바로 지시를 내렸다.

"아레아 공국의 정식 사신으로 알렝 자작을 정하고, 지급으로 통신을 넣도록 하시오. 알렝 자작에게는 지금 상황에 대해 설명을 한 후 반드시 아레아 공국의 지원을 받아야 한다는 말도 해 주고. 알겠소?"

"폐하, 그런데 알렝 자작에게 해 주어야 하는 보상에 대해서는 어찌 말을 해야 하겠습니까."

"보상은 그의 작위를 백작위로 해 준다고 하시오. 그 정도면 충분한 보상이 될 것이오."

국왕은 귀족들에게 보상을 해 주는 것에 인색하였다.

이는 국왕이 권력을 잡으면서 이미 널리 알려져 있는 일이었기에 귀족들도 더 이상 말을 하지 않았다.

"그렇게 하겠습니다, 폐하."

아레아의 일에 대해서는 그렇게 하기로 정했고, 이제부터는 징병에 관한 이야기를 할 때였다.

적의 군대가 오십만이라고 하였지만 모두가 정병은 아니라고 생각하는 국왕이었다.

그렇다면 왕국 내에서 징병을 하여 상대를 해도 충분히 가능할 것 같아 보였다.

만약에 바이탈 왕국군과 제국군이 함께 오는 것이라면 이는 왕국의 멸망이라는 것을 의미하기 때문이다.

카이라 제국은 대륙의 모든 나라가 주시를 하는 나라였기에 이번 전쟁에 참여를 하지는 않았을 것이라고 내심 생각하는 국왕이었다.

아마도 귀족들도 국왕과 같은 생각을 하고 있을 것이다.

귀족들도 제국이 전쟁에 참여를 하게 되면 다른 왕국들이 그냥 두지 않을 것이라는 믿음을 가지고 있어서였다.

실지로 카이라 제국이 다른 왕국을 침공하면 대륙의 모

든 나라가 단합을 하여 대응을 하기로 다짐을 하기도 했기 때문이다.

"적의 군세가 오십만이라고 하는데, 우리도 그 정도는 되어야 하지 않겠소?"

"그렇습니다. 적의 군세가 오십만이나 되니 속히 징집을 하여 보내야 합니다. 아무리 정예병이라고 해도 숫자에는 당하지 못하는 것이 정석입니다."

체리 후작이 이번 전쟁의 사령관이기는 하지만 적의 수에 밀려 패전을 할 수도 있는 일이기 때문에 군부의 귀족들은 그런 체리 후작을 옹호하기 위해 국왕의 말에 대답을 해 주었다.

체리 후작이 패전을 하게 되면 지금 군부의 귀족들도 정계에서 버티지 못하게 될지도 모르는 일이었기에 이들도 어쩔 수 없는 선택이었다.

"그러면 속히 각 영지에 전달하여 징집을 하도록 지시를 하시오. 왕국이 패전을 하게 되면 귀족의 작위도 사라진다는 것을 이야기하면 영주들도 도움을 줄 것이라 생각하오."

국왕은 깊은 생각은 없지만 이상하게 잔머리는 뛰어난 인물이었다.

순간적인 기지라고 해야 하는지 모르겠지만, 순간순간 생각하는 것이 상당히 뛰어난 것들이 많은 사람이었다.

국왕의 지시로 인해 헤이론 왕국은 갑자기 징집을 하게 되었고, 각 영주들은 국왕의 명령에 따라 징병을 하게 되었다.

헤이론 왕국이 징병으로 몸살을 앓고 있을 때, 알렝 자작은 수도에서 온 통신으로 인해 고민을 하고 있었다.

"도대체 무슨 생각으로 나에게 사신으로 가라는 명령을 하는 것인지 모르겠네."

"휴우, 영주님, 잘못하면 이번 사신행으로 커다란 곤욕을 치르게 될 것입니다."

"하지만 국왕 폐하의 명령을 어길 수는 없는 일이 아닌가?"

알렝 자작은 사신으로 가라는 지시가 정말 마음에 들지 않았지만 어쩔 수 없이 가야 하는 입장이었다.

하지만 그동안 왕국에서 아레아 공국에 행한 일들을 생각하면 정말 얼굴을 들 수 없을 정도라 가서 할 이야기가 없었다.

브레인 공왕과 개인적인 친분이 있기는 하지만 과연 자신의 말을 들어 줄지도 모르는 상황이었기 때문이다.

"허허, 정말 골치 아픈 일을 나에게 하라고 하네."

알렝 자작이 한숨을 쉬며 어찌해야 할지를 고민하고 있었다.

아레아를 들어가기 위해서는 반드시 국경의 검문소를 지나야 했고, 그 검문을 책임지는 영지의 영주가 자신이었다.

그리고 지금은 왕국이 위험에 처해 있는 상황이었고, 당연히 가서 도움을 요청해야 하였지만 도대체가 염치가 없어 결정을 하지 못하고 있었다.

"영주님, 국왕 폐하의 명령을 어길 수는 없으니 일단 아레아 공국에 연락을 해 보십시오."

"나도 연락을 하려고 하네. 단지 염치가 없어 하지 못하고 있을 뿐이지."

"제가 연락을 해 보겠습니다. 어차피 가야 하는 것이라면 연락을 하는 것이 좋습니다."

"알겠네. 자네가 연락을 해 보게. 전쟁에 대한 이야기는 하지 말고 알겠지?"

"알았습니다, 영주님."

알렝 자작은 이번에 영주가 되면서 행정관으로 삼은 메트로에게 지시를 내렸다.

알렝 자작은 메트로가 상당히 뛰어난 인재라는 것을 알았기에 자신의 옆에 두려고 하였다.

실지로 메트로는 평민이면서도 배운 것이 많은 인재였다.

비록 아카데미는 다니다가 중도에 그만두게 되었지만 다니는 동안에는 누구보다 열심히 공부를 하던 사람이기도 했다.

아레아 공국과 유일하게 통신을 하고 지내는 곳이 바로 알렝 자작의 영지였다.

"여기는 알렝 자작님의 메트로 행정관입니다."

"아레아 공국의 통신 마법사 조크입니다. 무슨 일이십니까?"

"우리 영주님이 공국에 가시려고 하는데, 언제 가야 할지를 알려 주시기를 바랍니다."

"제가 보고를 드리고 다시 연락을 드리겠습니다. 메트로 행정관님."

"그렇게 하십시오. 그런데 조금 빨리 연락을 해 주시기를 바랍니다."

메트로의 말에 마법사는 대답 대신에 밖으로 나가고 있었다.

무언가 급한 일이 있는 것으로 판단이 되어서였다.

브레인이 항상 알렝 자작에게 연락이 오게 되면 지급으로 보고를 하라고 지시를 하였기 때문에 마법사는 급히 보고를 하기 위해 움직였다.

브레인은 자신의 새로운 서재에서 일을 보고 있었다.

똑똑똑.

"무슨 일인가?"

"공왕 전하, 통신 마법사에게 알렝 자작의 영지에서 연락이 왔다고 합니다."

"무슨 일로 연락을 하였다고 하던가?"

"자세한 것은 모르고, 우리 공국에 방문을 하려고 한다고 하면서 일정을 정해 달라고 합니다."

브레인은 알렝 자작이 공국에 오려는 이유를 알고 있었지만 지금 알렝 자작의 방문을 받아야 하는지를 생각해 보았다.

알렝 자작은 사실 공국으로 영입을 하고 싶은 인재이기는 했지만 워낙 사람이 고지식해서 방법을 찾고 있는 중이었는데, 이렇게 연락이 왔으니 이참에 직접 만나는 것도 나쁘지 않다는 생각을 해 보았다.

'음, 알렝 자작을 직접 만나 보았야겠다.'

브레인은 생각을 정리하자 바로 연락을 하라고 지시를 내렸다.

"알렝 자작의 영지에 연락을 하여 내일이라도 방문을 하라고 전하게."

"알겠습니다, 공왕 전하."

브레인은 알렝 자작을 만나 무슨 말을 해야 할지를 정리하였다.

고지식한 사람을 자신의 사람으로 만드는 것도 재미있는 일이라고 생각하면서 말이다.

공국을 발전시키기 위해서는 많은 인재들이 필요하였다.

대륙에 인재들이 많기는 하지만 자신의 공국으로 오려고 하는 사람은 그리 많지가 않았다.

아직은 아레아 공국이 그렇게 알려지지가 않아 그렇기도 하지만, 정비가 되지 않아 아직 준비를 하지 못해서이기도 했다.

지금 아레아는 항구를 건설하는 데 모든 인력이 집중되어 있었다.

일단 가장 시급한 것이 바로 항구였기 때문에 모든 전력을 동원하고 있지만, 항구라는 것이 하루아침에 만들어지는 것이 아니라 그런지 시간이 지나도 그리 진전이 없었다.

결국 엔더슨이 가서 마법을 사용하니 조금 빨리 작업이 진행이 되었고, 엔더슨은 그 후로 항구 건설에만 매달리고 있었다.

'에레나, 우리 공국의 입구를 다시 몬스터가 다니게 할 수는 있지?'

'주인이 원하면 해야겠지만 솔직히 추천하고 싶지는 않는 방법인데.'

'에레나, 나 아직도 강하지 않는 거야?'

브레인은 에레나와의 대화에서 조금만 자신에게 불리한 상황이 오면 바로 말을 돌려서 하고 있었다.

아직 에레나는 그런 상황을 이해 못하는지 따지지도 않았다.

브레인은 에레나가 아직 정신연령이 어려서 그런 것이 아닌가라는 생각도 해 보았지만, 그런 것 같지는 않아 보였다.

상황을 자신보다 더 정확히 파악을 하고 있을 때는 소름이 끼치는 기분이 들기도 할 정도였으니 말이다.

그리고 더 중요한 것은 자신보다 강할지도 모른다는 생

각이 들어서였다.

몬스터의 정신을 조정하기 위해서는 기본적으로 흑마법도 8서클의 수준에 달해야 하기 때문이다.

자신이 마법사와의 전투를 그리해 보지는 않았지만, 그래도 8서클이라면 대륙의 수준에서는 당할 사람이 없다는 것은 알고 있었다.

에레나가 만약에 8서클의 마법사라면 이는 공국에 커다란 도움이 되는 일이었기에 당분간은 에레나의 심기가 불편하지 않게 하기 위해 말을 조심하고 있는 브레인이었다.

하지만 언제까지 그러고 있을 수는 없는 일이었기에 에레나와의 접촉을 늘리고 있는 중이었다.

'에레나, 지금 헤이론 왕국이 전쟁을 시작했는데, 우리 공국에도 전쟁이 벌어질지도 몰라. 그러니 에레나가 몬스터를 이용하여 공국의 진입로를 막아 주었으면 해.'

브레인의 설명을 들은 에레나는 이해가 가지 않는다는 표정을 지었다.

'주인은 정말 이해가 가지 않는 사람이라는 것을 이번에 확실히 알았어.'

'무슨 말이지?'

브레인은 에레나의 말을 이해하지 못하였다.

'주인은 지금 몬스터를 이용하라고 했는데, 내가 처음에 한 말은 다 잊었나 봐?'

브레인은 에레나의 말에 무슨 소리인지를 기억하려고 하였지만 머리에 떠오르는 것이라고는 아무것도 없는 상태였다.

'뭔 소리지? 나에게 한 말이 무엇일까?'

브레인이 생각에 잠겨 있는 듯한 표정을 짓자 에레나는 바로 고함을 질렀다.

'주인! 전에 내가 몬스터를 조정하는 것은 주인도 가능하다고 하지 않았어?'

에레나의 말에 브레인은 바로 생각이 났다.

확실히 에레나는 전에 그렇게 말을 하기는 했다.

아레아에 있는 몬스터는 이제 에레나와 자신만 조정을 할 수 있을 것이라고 말을 한 기억이 있었다.

그 당시에는 에레나와 대화가 되지 않는다고 해서 잊고 있었는데, 에레나가 다시 말을 해 주니 금방 기억이 났다.

'에레나, 나도 몬스터를 조정할 수 있다는 말이야?'

'주인도 몬스터 정도는 당연히 조정이 가능하지.'

브레인은 에레나와의 대화에 자신이 참 멍청하다는 생각이 들었다.

스스로 자신이 뛰어나다고 생각하고 있었는데, 에고인 에레나보다도 멍청하게 행동을 하고 있었으니…….

브레인은 아직 자신이 부족하다는 것을 깨달았다.

'에레나, 미안하지만 몬스터를 조절하는 방법을 알려 주지 않겠어?'

브레인은 몬스터를 조정하는 방법을 배워 사용하려고 하였다.

아직 자신은 한 번도 몬스터를 조정하지 않아 방법을 몰라 하는 질문이었다.

그런데 에레나는 자신의 질문에 신기한 동물을 보는 것처럼 말을 하는 것이 아닌가.

'주인, 지금 상태가 별로이지?'

'무슨 소리야?'

'전에 내가 몬스터는 정신력으로 움직인다고 했잖아. 그런데 나에게 방법을 묻고 있으니 하는 말이잖아.'

에레나의 말에 브레인은 상당히 낯이 뜨거워졌다.

'어어? 갑자기 체온이 올라가는 것을 보니 수상한데? 누구를 생각하고 있는 거야?'

에레나는 브레인이 창피해서 그런 것은 생각하지 않고 지금 요상한 상상을 하고 있다고 말을 하고 있었다.

브레인은 에레나의 전 주인이 도대체 누구인지가 궁금해졌다.

　어떻게 에고를 만들어도 이런 놈을 만들었는지 이해가 가지 않아서였다.

　'그만 하자, 에레나.'

　브레인은 에레나에게 도움을 받는 것을 바로 포기했다.

　정신력을 사용하는 것이라고 하는데, 자신은 아직 정신력을 사용해 보지 않았기에 차라리 에레나가 직접 하는 것이 좋을 것 같아서였다.

　하지만 지금 브레인은 대단한 인내력을 발휘하고 있기도 했다.

　에레나의 도움이 필요하지 않았으면 아마도 참지 못하고 소리를 질렀을 정도였으니 말이다.

　'주인, 화났어?'

　에레나의 말에 브레인은 어이가 없는 표정이 되고 말았다.

　'에레나, 너 원래 이런 컨셉으로 태어난 것이냐?'

　브레인은 에레나의 성격이 종잡을 수가 없어서 하는 말이었다.

　그동안 에레나와 함께 생활하였지만, 이거는 도대체가

맞추어 줄 수가 없는 성격이라는 것이 브레인의 판단이었다.

'주……인, 내가 이상해 보여?'

브레인의 말이 무언가 이상한지 에레나의 말이 흔들리고 있었다.

브레인은 그런 에레나의 태도에 이상함을 느끼고는 일종의 테스트를 하기 시작했다.

잘 만하면 이번에 에레나의 태도를 고칠 수도 있다는 생각이 들어서였다.

'에레나, 나는 너와 친해지려고 하는데, 너는 그렇지 않는 것 같아서 하는 말이야.'

'무…… 무엇을 말이야?'

에레나의 태도는 점점 이상해져 갔다.

'호오, 이것 봐라. 잘하면 에레나를 개조시킬 수가 있을 것 같은데.'

브레인은 에레나의 태도가 갑자기 변하는 것에 신기한 느낌을 받았다.

'에레나, 나하고 친해지는 것이 싫어?'

움찔.

브레인은 에레나의 반응에 이유가 있을 것이라는 생각

이 들었다.

이상하게도 에레나는 조금 친절하게 대하거나 부드럽게 대하니 저런 반응이 나왔다.

브레인은 다시 한 번 실험을 해 보기로 마음을 정했다.

'에레나, 왜 대답을 하지 않는 거야? 나는 에레나하고 친하게 지내고 싶은데. 에레나는 싫은 거야?'

'아…… 아니야. 나도 친하게 지내고 싶어, 주인.'

확실히 무언가 있다는 것을 감지한 브레인이었다.

예전에는 에레나의 반응은 생각지도 않고 싸가지가 없다는 생각만 하였는데, 지금은 자신이 도움을 요청하기 위해 참으면서 친절하게 대하려고 하니 이제 에레나의 반응이 이상하다는 것을 알게 되었기 때문이다.

브레인은 에레나의 반응에 조금 신기하기도 하고 이상하기는 했지만, 에레나가 친절함에는 이상한 반응을 보이니 조금만 더 실험을 해 보면 이유를 알 수 있을 것 같았다.

'에레나, 주인이라는 말을 하지 말고 이제부터 나의 이름을 불러 줘. 브레인하고 알았지.'

브레인의 말에 에레나는 확실하게 몸을 떠는 것이 느껴졌다.

'에레나, 왜 대답을 하지는 않는 거야?'

브레인은 에레나는 독촉했다.

지금이 가장 중요하다는 것을 본능적으로 느꼈기 때문이다.

에레나를 길들이기 위해서는 지금 같은 상황을 잘 파악하고 있어야 했다.

에레나의 능력은 자신도 추측하기 힘들 정도로 강력하니, 자신이 이용할 수만 있다면 아레아 공국은 제국이 되고도 남을 강력한 힘을 가질 수 있게 되는 일이었다.

순간의 느끼함은 얼마든지 참을 수 있는 브레인이었다.

한참의 시간을 기다려도 대답이 없자 브레인은 에레나에게 다시 물었다.

'에레나, 어디 있어? 에레나, 대답을 해 줘.'

'나 여기 있어, 주인.'

'에레나, 왜 나의 말에 대답을 피하는 거야?'

브레인의 말은 평소에는 느끼지 못했던 부드러움과 사랑스러움이 담긴 목소리였다.

'아…… 아니야. 내가 왜 피하겠어, 주인.'

'그래, 그렇게 대답을 해야 너를 느낄 수 있잖아. 에레나.'

브레인의 이번 말은 에레나에게도 충격적인 말이었는지 에레나가 있는 반지가 심하게 떨렸다.

부르르르.

브레인은 에레나의 반응에 확실하게 알게 되었다.

에레나는 아직 어린 에고라는 것을, 그리고 무슨 일인지는 모르지만 자신이 부드럽고 사랑스럽게 대하면 반응이 이상하다는 것을 말이다.

이번이 브레인에게는 일생일대의 기회라는 생각에 최선을 다해 에레나의 비밀을 밝히려고 했다.

'에레나, 또 대답을 하지 않네. 나는 에레나와 함께 있으니 행복하기만 한데, 에레나는 그렇지 않는 것 같아.'

'아…… 아니야. 나도 좋아, 주인.'

에레나는 브레인의 실망감이 어린 말에 황급히 아니라고 대답을 하였다.

'에레나, 우리 이제 솔직하게 대화를 하자. 나는 에레나의 모든 것을 알고 싶어. 이제 우리는 서로에 대해 확실히 알고 있어야 하지 않아?'

브레인의 대화에 에레나는 다시 움찔하는 것을 느꼈다.

'주인, 나도 그렇고 싶은데, 전 주인의 명령이 우선이라 그래. 주인이 강해지면 모두 말해 줄게.'

'아니야. 에레나는 나를 걱정해서 하는 말이잖아, 나도 에레나가 걱정이 되어 그런 거야. 조금이라도 에레나를 알고 싶어서 그런 거야. 하지만 에레나가 그렇게 말을 하니 내가 참으려고 노력해 볼게. 나는 에레나를 믿어.'

브레인의 말에는 왠지 슬픔이 묻어 있었고, 그러니 반지는 더욱 심하게 떨리고 있었다.

웅웅웅.

파앗!

반지가 심하게 떨리다가 갑자기 요상한 소리가 나면서 엄청난 빛이 주변을 잠식하였다.

"어…… 어?"

브레인은 순간적으로 빛에 잠식당하고 말았다.

에레나의 반응을 지켜보기 위해서였지만, 에레나와 있어 편한 마음으로 있어서 빛에 대응을 하지 못해서였다.

반지의 빛은 브레인만 몸에만 반응을 하고 있었고, 주변으로 퍼지지는 않았다.

반지와 브레인은 마치 한 몸이 되려고 하는 것처럼 서서히 같은 색이 되어 가고 있었다.

브레인은 지금 자신이 반지에서 나온 빛에 의해 이상한 공간에 있다는 것을 깨달았다.

브레인은 여기가 어디인지를 확인하기 위해 주변을 살펴보았지만 아무것도 눈에 보이는 것은 없었다. 그런데 갑자기 그런 자신의 옆의 공간이 일렁이며 작은 소녀가 나타났다.

"까아, 주인 드디어 이리로 왔네."

"에레나?"

"응, 주인, 나 에레나야."

브레인은 자신이 에레나와 입으로 대화를 하고 있다는 것을 느끼지 못하고 있었다.

지금은 자신이 처해 있는 이 요상한 상황에 대해 궁금해서였다.

"에레나, 이게 어떻게 된 상황인지 설명해 줄래."

브레인은 아주 부드럽고 다정한 눈빛을 하며 에레나를 보며 물었다.

에레나는 브레인의 그런 눈빛에 브레인의 품에 그냥 안겨 버렸다.

포옥!

브레인은 작은 소녀가 자신의 품으로 안기니 일단 안아 주었다.

에레나에 대한 나쁜 감정을 가지고 있지는 않아서였다.

"에레나, 지금 무슨 일이 벌어지고 있는지 설명해 줄 수 있어?"

"응, 주인은 지금 나의 공간에 들어온 거야."

"에레나의 공간이라고?"

브레인은 에레나의 설명에 이해가 가지 않는다는 표정을 지었다.

에레나는 그런 브레인을 보고 웃으면서 상황에 대해 설명을 해 주기 시작했다.

에레나는 고대 시대의 에고였고, 에레나를 만든 흑마법사는 9서클의 엄청난 실력을 가진 대마법사였다.

하지만 흑마법사는 어려서부터 가정에서 냉대를 당하며 살았고, 인간에 대한 믿음을 가지고 있지 않았다.

에레나를 만들면서도 흑마법사는 가족이라는 개념에 대해 생각하게 되었고, 에레나를 마치 딸과 같이 생각하게 되어 정신을 그렇게 조작을 하여 만들게 되었다.

흑마법사는 항상 가족의 사랑에 목이 말라 있었기에 그 보상으로 에레나에게 사랑을 받으려고 하였던 것이다.

흑마법사는 그렇게 에레나에게 가족과 같은 마음을 가진 자가 아니면 자신과 같은 강자가 되어야만 진정한 주인이 되게 하는 옵션을 걸어 놓았다.

물론 에레나가 직접 말을 하지 못하게 하기도 했고 말이다.

　때문에 브레인이 아직은 진정한 주인이 아니었기에 에레나는 자세한 설명을 할 수가 없었던 것이다.

　브레인은 에레나에게 모든 설명을 듣고는 그동안 에레나가 왜 자신에게 그렇게 강해지라고 말을 하였는지를 알 수가 있었다.

　가족이라는 개념은 아직 에레나가 설명할 수 있는 영역이 아니었기에 강해지라는 말만 할 수밖에 없었다.

　"에레나, 그러면 이제 나는 에레나의 진정한 주인이 된 거야?"

　"응, 주인은 이제 에레나와 확실히 대화를 할 수 있게 되었어."

　"그런데 에레나와 대화를 하려면 항상 이렇게 여기로 와야 하는 거야?"

　"아니야, 오늘은 처음이라 그런 거지 다음부터는 주인이 부르면 나도 반지에서 나갈 수 있어."

　브레인은 에레나의 말에 깜짝 놀랐다.

　에레나의 모습은 이제 열 살 정도의 깜찍한 소녀로 보였고, 저런 모습의 소녀가 갑자기 나타나게 되면 주변에 있는 가신들도 놀랄 수 있어서였다.

브레인은 에레나가 가족의 정을 그리워하는 것을 알고
는 에레나가 항상 자신의 옆에 있을 수 있는 방법을 찾았
다.

"에레나, 한 가지 묻고 싶은 것이 있는데 반지에서 나
와 있는 시간이 정해져 있는 거야?"

"이제는 그렇지 않아, 주인이 원하면 항상 나가 있을
수도 있어."

에레나의 대답에 브레인은 한 가지 방법을 생각해 보았
다.

자신의 어머니에게 에레나를 동생으로 삼자는 말을 하
여 에레나가 가족으로 생활을 할 수 있도록 해 주어 가신
들도 이상하게 생각하지 않게 하는 방법이었다.

물론 중간에 조금 거짓말을 해야겠지만 말이다.

그 정도는 자신이 충분히 해 줄 수 있다고 생각이 들었
다.

"에레나, 이제부터 주인이라고 부르지 말고 오빠라고
불러. 에레나의 모습을 보니 동생으로 삼고 싶어져서 그
래."

브레인의 말에 에레나는 감동을 한 눈빛을 하며 눈에서

눈물을 흘렸다.

"흑흑. 정말 고마워, 오빠."

브레인은 자신의 품에 안겨 있는 에레나의 등을 부드럽
게 쓰다듬어 주며 다정한 목소리로 말해 주었다.

"그래, 이제는 우리 함께 살도록 하자."

브레인의 말에 에레나는 아주 행복한 표정을 지었다.

엄청난 시간을 혼자 지내 온 에레나에게는 항상 외로움
이 자리를 잡고 있었는데, 이제는 그런 외로움을 느끼지
않아도 되었기 때문이다.

9.
아레아 공국의 공녀 에레나

브레인은 어머니인 노라를 찾아가 에레나를 소개해 주었다.

자신이 신세를 진 분의 자식인데, 그분이 돌아가시고 지금은 에레나가 혼자가 되었기 때문에 자신이 돌보아 주어야 한다고 하면서 은근히 딸로 삼으면 안 되겠냐고 물었다.

"어머니, 에레나를 우리 가족으로 삼으면 어떨까요?"

"그러면 에레나를 우리 딸로 삼자는 말이니?"

"예, 에레나도 가족의 정이 그리워하는 것 같으니 이번에 확실하게 딸로 삼았으면 합니다."

"딸로 삼으려면 아버지가 있어야 하지 않겠니?"

노라는 제임스가 자리에 없기에 하는 말이었다.

브레인은 제임스가 용병들과 있기에 일부러 부르지 않고 어머니를 찾아온 것이다.

노라를 공략해서 제임스를 설득하려고 말이다.

"어머니, 아직 나이도 어린 에레나를 우리 가족으로 받아 주면 저도 은혜를 갚을 수 있으니 그렇게 해 주셨으면 합니다."

브레인은 노라를 보며 진심이 담긴 눈으로 부탁을 하였다.

노라도 브레인의 말이 진심이라는 것을 느꼈지만, 가족이 되는 것에 가장의 말도 듣지 않고 허락을 할 수는 없는 일이었기에 쉽게 말을 할 수는 없었다.

"브레인, 나는 아버지의 의견을 듣고 결정을 했으면 좋겠다. 이따가 아버지가 들어오면 함께 의논을 해 보도록 하자."

노라는 브레인을 보며 제임스와 함께 이야기를 하자고 했지만, 브레인은 노라의 마음이 이미 움직였다는 것을 느낄 수 있었다.

어머니는 항상 따뜻한 마음을 가지고 계시기 때문에 절

대 에레나의 사정을 그냥 보고 있지는 않을 것이라는 확신이 들었다.

브레인이 에레나를 그렇게 가족들에게 소개를 해 주게 되었고, 결국 제임스도 노라의 설득에 넘어갔다. 그렇게 에레나는 정식으로 브레인의 가족이 되었다.

에레나의 소식이 공국에 알려지면서 귀족들도 에레나의 존재에 대해 알게 되었고, 공국에는 정식으로 공녀의 존재를 알리게 되었다.

"에레나 공녀님을 뵈옵니다."

공국의 회의실에서는 아름답고 깜찍한 얼굴을 한 에레나가 가신들의 인사를 받고 있었다.

그 옆에는 부모님인 제임스와 노라가 자리를 했고, 브레인도 자리를 잡고 있었다.

"모두 반가워요. 앞으로 잘 지내요."

에레나는 귀족들과 인사를 하며 생긋 웃어 주었다.

그 웃음이 얼마나 귀여운지 귀족들도 입가에 미소가 생길 정도였다.

엔더슨과 그 일당들은 에레나의 모습에 모두 기뻐하고 있었다.

브레인의 여동생이 생겨서이기도 했지만 에레나의 귀여

운 모습이 이들의 마음을 따뜻하게 해 주었기 때문이다.

에레나의 첫 나들이는 이렇게 귀족들과의 인사로 마무리되었다.

이제 공국에 에레나의 존재를 알렸고, 에레나가 어디를 가도 불편함을 당하지 않을 것이라는 생각에 브레인은 흐뭇한 미소를 지었다.

모두가 돌아가고, 브레인은 에레나와 둘이 다정하게 걷고 있었다.

"에레나, 이제 우리 가족이 되었으니 더 이상 숨기는 것이 있으면 곤란해."

"응, 나도 오빠가 생겨서 너무 좋아. 헤헤."

에레나는 순진한 모습 그대로 행동을 하니 브레인은 그런 에레나가 귀여워서 그대로 품에 안아 버렸다.

그런데 에레나도 브레인이 안아 주는 것을 즐기는지 바로 안겨 버렸다.

"우웅, 오빠의 품은 이상하게 따뜻하고 기분이 좋게 해 줘서 좋아."

에레나는 오랜 시간을 혼자 지내 와서 외로움을 떨치기에는 아직 시간이 부족하겠지만, 이제부터는 자신이 그런 외로움을 느끼지 않게 해 주려고 마음을 먹는 브레인이었다.

"에레나, 이제는 그런 생각이 들지 않게 해 줄게. 에레나는 항상 행복하고 즐거운 시간만 보내게 될 거야."

"응, 오빠, 고마워. 쪽!"

에레나는 브레인의 뺨에 가볍게 뽀뽀를 해 주었다.

흑마법사는 에레나를 딸처럼 키워서 그런지 에레나의 애교는 장난이 아니었다.

에레나의 애교에 브레인의 입가에 미소가 저절로 생기고 있을 정도였으니 말이다.

에레나와 브레인은 누가 보아도 다정한 오누이로 보였고, 실지로 브레인은 에레나를 동생으로 생각하고 있었다.

에레나의 사정을 알게 되자 브레인은 진심으로 에레나를 동생으로 삼고 싶었고 말이었다.

그리고 에레나는 브레인이 생각하는 이상으로 대단한 능력을 가지고 있었다.

고대 흑마법사의 능력을 그대로 가지고 있었기에 브레인이 하고자 하는 일에는 에레나의 도움이 절대적으로 필요했다.

"에레나, 이제부터는 아레아 공국이 에레나의 나라라는 것을 잊지마. 그리고 너의 도움이 많이 필요할 거야."

"응, 이제 오빠의 나라는 나의 나라이니 내가 필요하면 말만 해 바로 도와줄게."

에레나는 브레인의 가족이 되면서 모든 힘의 제약이 풀려 버렸다.

에레나에게는 가장 중요한 고대의 지식이 남아 있기 때문에 이를 잘 이용하면 충분히 강대국이 될 수 있었다.

고대에 사용하는 마나 호흡법과 검술로 자신이 지금의 자리를 차지하게 되었다는 것을 브레인은 알고 있어서였다.

브레인은 에레나와 함께 아레아 공국을 강하게 하고, 발전을 시키려고 하였다.

지금은 힘이 있어야 하는 시기였고, 브레인은 그 힘을 키우는 방법을 알고 있었다.

공국의 입구에는 알렝 자작과 기사단이 도착을 하여 아레아 공국에 들어가고 있었다.

"영주님, 공왕 전하와의 면담에서 무슨 말을 하시려고 하십니까?"

"나도 모르겠네. 일단 만나서 도와 달라고 해야 하지 않겠나?"

알렝 자작도 사실 만나기는 하지만 어떻게 말을 해야

할지를 고민하고 있었다.

왕국에서 지은 죄가 있어 브레인에게 도움을 달라고 하기에는 정말 미안한 마음만 들어서였다.

"후우, 영주님, 우선 엔더슨 후작 각하를 먼저 만나 보십시오. 그분은 그래도 이성적인 생각을 가지고 계시는 분이니 말입니다."

알렝 자작이 국왕의 명령을 수행할 수 있도록 하기 위해 메트로는 최선의 방법을 찾고 있었다.

어찌 되었던 국왕의 명령을 거부할 수는 없는 일이었기 때문이다.

아레아 공국의 공왕이 거주를 하고 있는 왕궁은 아직 완성이 되지 않아 조금은 초라해 보였지만, 이 안에 많은 사람들이 거주를 하고 있었다.

"후작 각하, 이렇게 다시 뵙게 되어 영광입니다."

"어서 오시오, 알렝 자작."

엔더슨은 알렝 자작이 왜 왔는지를 알고 있기에 담담하게 인사를 하고 있었다.

이미 아레아는 헤이론 왕국의 일을 알고 있었고, 브레인이 그런 헤이론 왕국에 지원을 하지 말라는 지시를 내렸기 때문이다.

앤더슨과 아레아 공국의 귀족들은 헤이론 왕국이 그동안 아레아 공국을 어떻게 대했는지 알고 있기에 브레인의 지시에 거부를 하지 않고 바로 받아들였다.

헤이론 왕국은 공국에 있어서 절대 도움이 되지 않는 나라라고 생각하고 있어서였다.

메트로는 엔더슨의 얼굴을 보고 바로 오늘 자신들이 온 이유를 이들이 알고 있다는 것을 알아챘다.

아마도 아레아 공국에서는 헤이론 왕국의 도움을 거절하려고 하는 것 같았다.

"후작 각하, 우리 헤이론 왕국에 전쟁이 일어난 것을 아시는지요?"

"알고 있소. 바이탈 왕국과 전쟁을 한다고 들었소."

"바이탈 왕국에서는 이번에 대군을 준비하여 우리 왕국을 침공하였습니다. 무려 오십만의 군을 준비하였다고 합니다. 왕국에서는 이번 전쟁이 힘들다고 생각하여 아레아 공국에 정식으로 도움을 요청하였습니다. 비록 지난 잘못이 있기는 하지만, 그래도 아레아 공국은 헤이론 왕국으로부터 시작을 하지 않았습니까. 그러니 이번만 도와주십시오. 국왕 폐하께서는 이번에 도움을 주시면 공국에서 원하는 것을 들어주시라는 명령을 내렸습니다."

알렝 자작은 자신이 할 수 있는 최선을 다해 부탁을 하고 있었다.

엔더슨은 알렝 자작의 인품을 알고 있기에 화를 내지 않고 조용한 목소리로 대답을 해 주었다.

"알렝 자작도 알고 있겠지만, 우리는 헤이론 왕국으로부터 시작을 하기는 했지만 왕국에서 버림을 받은 존재이기도 하오. 그렇지 않다면, 왕국은 우리 공국의 지원 요청을 거부하지는 않았을 것이오. 그런데 우리에게 지원을 해 달라고 하고 있으니 누가 도움을 주려고 하겠소."

엔더슨의 말에 알렝 자작은 부끄러움에 얼굴을 들지 못했다.

알렝 자작과 메트로는 엔더슨이 이렇게 노골적으로 말을 할 줄은 생각지 못했다.

아레아 공국에서는 이미 헤이론 왕국에 도움을 주지 않기로 방침을 정한 모양이었다.

그렇지 않으면 엔더슨 후작이 저렇게 말을 하지는 않았을 것이기 때문이다.

"후작 각하, 정말 염치없는 부탁일지는 모르지만 다시 한 번 생각해 주십시오. 이번 전쟁에서 패하게 되면 왕국이 망할 수도 있습니다. 그러면 아레아 공국도 힘들어지지 않겠습니까."

알렝 자작은 헤이론 왕국이 망하면 아레아 공국도 힘들어질 것이라고 말하고 있었다.

실지로 헤이론 왕국이 망하면 아레아 공국과 국경을 하게 되는 나라는 바이탈 왕국이 될 것이고, 바이탈 왕국과 브레인은 사이가 좋지 않으니 아레아는 더욱 힘들어질 수도 있는 문제였다.

하지만 아레아는 그런 사정을 알고 이미 준비를 하고 있는 중이었다.

새로운 항구를 건설하는 것이 바로 그런 일을 예방하기 위해서였다.

"우리 공국은 헤이론 왕국과는 더 이상 관계를 가지지 않기로 결정을 내렸소. 그러니 왕국의 일은 더 이상 이야기하지 않았으면 하오. 알렝 자작의 개인적인 친분으로 공국에 오는 것은 막지 않겠지만 헤이론 왕국의 일로 오시는 것은 사영하고 싶소."

엔더슨의 대답에 알렝 자작은 아레아가 이미 헤이론 왕국과는 정리를 하였다는 것을 느꼈다.

아레아 공국이 이렇게 변하게 된 이유는 모두 헤이론 왕국의 잘못이었기에 알렝 자작도 변명을 할 수가 없었다.

왕국의 국왕이 말도 되지 않는 이유로 지원을 멈추게 하였고, 지원을 한다는 것이 고작 유랑민들을 주는 것이 전부였으니, 아레아 공국에서 화가 날 만도 했다.

엔더슨은 알렝 자작이 욕심이 나는 인물이기는 하지만 공국의 사람으로 만들기는 힘들다는 것을 예전부터 알고 있었다.

그래서 알렝 자작과는 그냥 친분만 유지하고 있었는데, 이렇게 사신으로 오게 될 줄은 몰라서인지 조금은 불편한 마음을 보이게 되었다.

"하아, 아레아 공국의 도움이 없으면 왕국의 멸망이 보이니 다시 한 번 생각해 주시기 바랍니다. 엔더슨 후작 각하."

"아무리 이야기를 해도 소용이 없는 일이오. 이미 공왕 전하께서 그렇게 결정을 내린 것이라 도움을 주고 싶어도 방법이 없소."

엔더슨은 브레인의 이름을 팔아 더 이상 말을 못하게 하였다.

헤이론 왕국이 망하는 것은 자신들과는 아무 상관이 없다는 표정을 지으면서 말이다.

알렝 자작은 더 이상 시간을 끌어도 소용이 없다는 것

을 느꼈는지 고개를 숙이고 말았다.

메트로도 엔더슨의 강경한 표정에 바로 포기를 하였는지 옆에 있는 알렝 자작만 보고 있었다.

헤이론 왕국은 지금 심각한 위기의 상황에 빠져 있었다.

국경성을 책임지고 있는 파넨 자작과 이번 전쟁의 총사령관인 체리 후작은 전방에 보이는 적의 진지를 보며 암담한 느낌을 지울 수가 없었다.

자신들이 데리고 있는 병력은 십만이었는데, 적은 무려 오십만의 병력을 대동하고 있었다.

적의 병력도 많지만 문제는 적의 기사단의 수였는데, 눈으로 보기에도 엄청난 수의 기사단이 자리를 잡고 있으니 이번 전쟁이 얼마나 힘들게 될지가 눈에 보였다.

"사령관님, 적의 기사단이 상당한 수인 것 같습니다."

"나도 보고 있네. 내일 있을 공격에 과연 우리가 얼마나 버틸 수 있을지가 걱정이네."

체리 후작은 적의 공격에 준비는 하고 있지만 파상적인 공격이 예상되니 걱정이 먼저 들었다.

국왕은 국경성이 함락되면 제2저지선으로 후퇴를 하라

고 하였지만, 제2선으로 물러나면 더욱 힘이 드는 전쟁이 되기 때문에 어떻게 하든지 여기서 방어를 해야 왕국의 멸망은 막을 수 있을 것 같았다.

"내일은 적의 공격이 시작되는데, 어찌하였으면 좋겠습니까?"

"우리가 할 수 있는 일은 최대한 적의 공격을 막는 것이네. 그러니 기사들과 병사들에게 무조건 방어에만 신경을 쓰라고 지시를 내리게. 나는 수도로 통신을 하겠네."

체리 후작은 수도로 긴급하게 통신을 하기 위해 움직였다.

이 상태로는 절대 적을 막을 수 없었기 때문이다.

징집이 어떤 상황인지를 알아야 자신도 그에 맞는 대처를 할 수 있었다.

체리 후작이 연락을 하기 위해 움직이고, 파넨 자작은 기사들이 있는 곳으로 갔다.

기사들은 적의 수를 보고는 질린다는 표정이 되어 있었다.

어느 정도 되어야 막는다는 생각도 하지, 눈앞의 적은 대단하다는 말로 표현을 할 수 없을 정도로 엄청난 대군이었기에 기가 질려 버렸다.

병사들의 사기도 떨어지고 하니, 국경을 지키기 위해서는 특단의 조치를 취해야 하는 입장이었다.

파넨 자작은 기사들과 병사들을 보며 크게 소리를 쳤다.

"사령관께서 지금 수도에 연락을 하여 지원군을 보내달라고 하기로 하였다. 지금 수도에는 많은 병력이 준비를 하고 있다고 하니 모두 힘을 내기 바란다. 우리가 여기서 무너지게 되면 우리 가족들이 노예가 된다는 생각을 해라. 바이탈 왕국군은 지난 전쟁에 우리에게 패해 헤이론 왕국의 평민들도 모두 노예로 만들려고 하니, 죽기를 각오하고 방어를 해 주기 바란다. 왕국의 지원군이 오게 되면 충분히 우리도 반격을 할 수 있을 것이라 나는 믿는다."

파넨 자작은 자신의 모든 머리를 짜내어 생각한 말을 기사들과 병사들에게 해 주었다.

기사들은 그리 문제가 되지 않지만, 병사들은 이미 떨어진 사기를 올리는 것이 그리 쉬운 일이 아니었다.

파넨 자작의 노력에도 불구하고 병사들이 긴장을 하고 있는 것이 보이니, 무언가 다른 계기가 있어야겠다는 생각이 드는 파넨 자작이었다.

'무엇을 이야기해야 병사들의 사기가 오를까?'

파넨 자작은 희망적인 이야기를 해 주어야 한다는 생각은 들었지만, 무엇이 병사들에게 희망을 줄 수 있는지는 모르고 있었다.

국경의 사정이 이렇게 긴박하게 돌아가고 있는데도 수도의 왕궁에서는 아직도 회의만 하고 있었다.

"알렝 자작에게는 아직 연락이 없소?"

"죄송합니다. 아직 아레아에서 나오지 않았다고 합니다. 폐하."

"후작이 죄송할 것이 있겠소. 아레아가 우리 왕국의 위험을 아직 느끼지 못해 시간이 걸리는 것이오."

헤이론 왕국의 국왕은 아레아가 이번 전쟁에 참전할 것이라고 믿고 있었다.

자신의 왕국이 무너지면 아레아도 결코 무사하지 못하게 될 것이니 전쟁에 참전을 하지 않을 수가 없다고 생각했다.

아레아가 참전을 하면 왕국의 사정도 조금 좋아질 것으로 보고 있었다.

"국왕 폐하, 알렝 자작에게 통신이 들어왔습니다."

국왕은 알렝 자작에게 통신이 오면 바로 연락을 하라고

지시를 내렸기 때문이다.

이번 통신은 중요한 것이라 자신이 직접 통신을 하기 위해서였다.

"알았으니 앞장을 서라."

국왕이 움직이자 귀족들도 따라 움직이게 되었다.

잠시 후, 통신실 안에서 국왕이 수정구의 앞에 서서 알렝 자작을 보고 있었다.

"다시 말해 보게. 아레아 공국에서 무엇이라고 했다고?"

"죄송합니다. 아레아 공국에서는 이번 전쟁에 참전을 할 수가 없다고 하옵니다. 폐하."

"아니, 우리 왕국이 망하면 저들도 결코 무사하지 못하게 될 것인데 어째서 참전을 하지 않겠다는 것인가?"

"아레아 공국은 헤이론 왕국이 망해도 상관을 하지 않겠다고 하였습니다."

알렝 자작은 엔더슨 후작이 한 말을 그대로 말해 주었다.

국왕과 귀족들은 아레아의 결정에 얼굴이 창백해졌다.

아레아가 참전을 하지 않으면 이번 전쟁에서 왕국이 승리를 할 수 없었기 때문이다.

국왕과 귀족들은 아레아가 이번 전쟁에 반드시 참여를

하게 될 것이라 믿었는데, 이런 결정을 하였다는 것이 믿어지지가 않았다.

"당장 아레아 공국에 통신을 연결하라. 내가 직접 통신을 할 것이다."

국왕은 흥분하여 바로 마법사에게 명령을 내렸다.

마법사는 국왕의 명령에 바로 아레아로 통신을 연결하려고 하였다.

지지직.

그런데 통신의 포트가 맞지 않는지 연결이 되지 않는 것이 아닌가.

마법사는 국왕과 귀족들이 옆에 있는 자리여서 그런지 갑자기 통신에 에러가 생기자 당황하는 얼굴이 되었다.

마법사가 허둥거리는 모습에 국왕은 인상을 쓰며 화를 냈다.

"도대체 왕국의 통신 마법사가 어째서 아직도 통신을 연결하지 못하고 허둥거리는 것이냐?"

국왕의 진노에 마법사는 황급히 변명을 하였다.

"폐……하, 이런 일은 한 번도 없었습니다. 다시 한 번 연결해 보겠습니다."

마법사는 국왕에게 변명을 하고 바로 통신을 연결하기

위해 마나를 들이부었다.

지지직.

그러나 통신은 연결이 되지 않았고, 마법사는 이마에 땀이 흐르도록 마나를 수정구에 부었다.

통신이 연결되지 않는 이유는 아무래도 아레아에서 통신의 선을 바꾸어서 그런 것 같았다.

마법사는 자신이 알고 있는 모든 지식을 정리하여 국왕에게 지금의 상황에 대해 말을 하기 시작했다.

"폐하, 갑자기 통신이 되지 않는 이유는 아레아 공국에서 우리와의 통신 연결을 막았기 때문입니다. 그렇지 않으면 이렇게 연결이 되지 않을 수가 없습니다."

마법사도 살아야 하니 일단 그렇게 말을 하며 목숨을 구걸하고 있었다.

국왕은 마법사의 말에 충분히 가능성이 있다고 판단이 들었다.

전쟁에 지원을 하지 않기로 결정을 보았다면 통신을 할 이유도 없었다.

국왕은 아레아의 배신에 화가 머리 꼭대기까지 났다.

"아레아가 감히 배신을 하다니……."

국왕은 아레아의 행동이 배신이라고 생각했다.

자신이 한 짓은 생각도 못하고 말이다.

사람은 항상 자신의 잘못은 인정하지 않으면서 이상하게 남의 잘못은 지적하는 데 인색하지 않았다.

헤이론 왕국의 국왕이 바로 그런 사람 중에 한 명이었다.

귀족들은 국왕이 배신이라고 하는 말에 솔직히 배신은 자신들이 하였다는 생각을 하고 있었다.

아레아는 그냥 있는데, 결국 자신들이 두려워서 그들을 내친 것이기 때문이다.

"폐하, 아레아는 우리 왕국의 위험에 도움을 주지 않을 생각인 것 같습니다. 속히 징집을 서둘러야겠습니다."

바이칼 후작은 아레아가 거부를 하니 징집병을 서둘러 국경에 배치를 해야 한다고 하였다.

바이칼 후작뿐만 아니라 다른 귀족들도 같은 생각이었다.

왕국이 망하게 되면 귀족의 작위는 사라지는 것이니, 이들도 이제는 방법이 없으니 최선을 다해 방어를 해야 했다.

바이탈 왕국군은 그런 사정을 모르고 국경성을 공격하기 시작했다.

오십만의 군대이지만 실지로 바이탈 왕국의 전력은 이십만밖에는 되지 않았다.

다만 기사단의 전력이 상당히 많다는 것이 조금 이상하기는 했지만 말이다.

바이탈 왕국의 사령관은 국경성을 보며 작전을 짜고 있었다.

"저기 보이는 국경성을 공략하기 위해서는 군을 나누어서 사방에서 공격하는 것이 가장 좋을 것 같소."

지금 있는 병력이라면 충분히 사방을 포위할 수 있었다.

"저도 같은 생각을 하였습니다. 지난 전쟁에도 느낀 것이지만, 적의 성은 방어에 특화된 성이라고 보입니다. 결국 공성무기를 이용하여 공격하는 방법밖에 없다고 생각합니다."

헤이론 왕국은 국경성의 중요성을 감안하여 지난 전쟁에서 받은 배상금 중에 일부를 성의 방어에 투자를 하였다. 앞으로 전쟁이 일어나도 성이 무너지지 않게 하기 위해서였다.

바이탈 왕국군은 이런 단단한 성벽을 직접 공격하는 것보다는 공성무기를 이용하여 사람을 죽이는 것이 더 좋은 방법이라고 생각하고 있었다.

"이번 공격의 주력은 전방에 있는 성문으로 하겠소. 다른 곳은 치열하게 공격만 하고, 전방의 성문을 여는 것으로 하겠소."

사령관은 사방을 동시에 공격하지만 세 곳은 그냥 공격만 하고, 한 군데만 직접적으로 성벽을 공략하려고 하였다.

이번 공격에는 공국들도 일부 도움을 주기로 하였기 때문에 가능한 일이었다.

세 공국은 전쟁을 시작하기 전에 사령관과 이야기를 마친 상태였다.

자신들도 전쟁을 하기 위해 온 것이지만, 바이탈 왕국군만 공격을 하게 되면 나중에 아레아로 가는 길이 그리 평탄하지만은 않을 것 같아 결국 공격에 도움을 주기로 합의를 하였던 것이다.

동서남북의 성벽을 공격하는 것이 쉬운 일은 아니었지만, 지금 바이칼 왕국군의 규모면 충분히 가능한 작전이기도 했다.

사령관의 지시에 따라 지휘관들은 눈빛을 빛내며 내일 있을 전투를 기대하고 있었다.

이들은 국경성에 발이 묶여 있고 싶지는 않았다.

이제 시작하는 출정인데, 최대한 빨리 헤이론 왕국을 정리하여 자신의 이득을 챙기려고 하고 있었다.

눈앞의 이득이 보이니 마음가짐이 달라지는 지휘관들이었다.

다음 날!

바이탈 왕국군의 진영에는 질서정연하게 병사들이 서 있었다.

이미 작전대로 동서남북으로 공격군이 편성되어 있기에 문제는 없었다.

헤비로 후작은 사령관의 입장에서 병사들에게 연설을 하기 시작했다.

"오늘 우리는 지난 전쟁의 패전에 대한 복수를 하기 위해 이 자리에 서 있다. 바이탈 왕국은 전쟁에 패배를 하지 않는 불굴의 정신을 가지고 있는 나라라는 것을 명심하고, 오늘 그대들의 용맹함을 저들에게 보여 주기 바란다. 이번 전쟁에는 반드시 우리 왕국의 승리를 가지고 가자. 모두 출발하라."

"와아아. 승리하자."

"우리의 승리를 가지고 가자."

사령관의 명령이 떨어지자, 각 방면의 사령관들은 자신
들의 군대를 이끌고 출발을 하기 시작했다.

"출발하라."

사령관의 명령이 떨어졌다.

"모두 출발하라."

바이탈 왕국군이 출발을 하기 시작하자, 국경성에 있는
헤이론 왕국군은 긴장을 하기 시작했다.

적의 군대가 적으면 몰라도, 엄청난 대군이라 저절로
위축이 되는 것은 막을 수 없었다.

"적이 이제 공격을 하기 위해 움직이고 있습니다. 각
방어선을 책임지고 있는 분들은 최대한 방어에 신경을 써
주십시오."

체리 후작은 이번에는 힘들다는 생각이 들었다.

브레인과 함께 전장을 누빌 때는 힘이 났는데, 지금은
어깨가 무거운 기분만 들었다.

그렇다고 자신이 인상을 쓰고 있으면 안 된다는 것을
알고 있는 체리 후작은 지휘관들을 보며 크게 소리를 쳤
다.

"수도에서 지원군을 보내 준다고 하였으니 모두 힘을
내자. 우리 헤이론의 저력을 보여 주자."

체리 후작의 말에 지휘관들도 조금은 힘이 나는지 각자의 방어선으로 돌아갔다.

국경성의 최대 수효 인구가 십만이었는데, 지금 국경성에는 최대로 많은 병력이 몰려 있다는 말이었다.

국경성의 사방에는 기사들과 병사들이 날카로운 눈빛을 하며 적을 기다리고 있었다.

이미 만반의 방어를 준비하고 있지만, 적의 대군을 방어하기가 그리 쉽지 않다는 것은 모두가 알고 있었다.

하지만 지금은 방법이 없었다.

적의 공세를 받지도 않고 항복을 할 수는 없는 일이었으니 말이다.

"기사들과 병사들은 적의 공격에 대비하라."

지휘관들의 지시에 따라 일사불란하게 움직이기 시작한 헤이론 왕국군이었다.

헤비로 후작은 국경성의 반응을 보고 쉽지 않은 전투라는 것을 직감적으로 알았다.

"흠, 저들도 준비를 단단히 하고 있었군. 이제 시작하라고 하게."

부관으로 있는 엔제이 남작은 후작의 명령에 바로 공격 명령을 내렸다.

"사령관님의 공격 명령이 떨어졌다. 공격하라."

공격 명령이 떨어지자 병사들은 천천히 진군을 시작했다.

가장 선두에 있는 방패병들이 방패를 앞세워 진군을 하였고, 그 뒤로는 창병들이 따랐고, 그 뒤로는 궁병들이 따랐다.

국경성에서 화살로 공격을 할 것은 염두에 두고 사거리와 조금 떨어진 곳에서 멈춰 서자, 병사들의 뒤에 있는 공성무기가 나오기 시작했다.

이번 공성무기는 성벽을 무너뜨리는 것이 아니라 성벽 위에 있는 적을 죽이기 위해 준비한 무기였다.

국경성은 아무리 보아도 강한 마법으로 보호를 받고 있으니, 공성무기로 무너뜨리는 것은 불가능해 보여서였다.

"방패병은 공성무기를 보호하며 전진하라."

지휘관의 명령이 떨어지자 방패병의 선임은 빠르게 병사들에게 지시를 내렸다.

"공성무기를 보호하며 전진한다. 모두 밀집방어를 하라."

"전진하라."

방패병은 공성무기를 보호하며 천천히 진군을 하였다.

적이 진군을 하여 화살의 사정거리 안으로 들어오자, 국경성에 있는 지휘관들이 이때를 기해 명령했다.

"적에게 화살을 쏴라!"

"쏴라!"

슈슈슈.

성 위에서는 엄청난 양의 화살이 날아왔다.

하지만 바이탈 왕국은 이번 전쟁을 위해 방패병들이 가지고 있는 방패를 보다 강하게 만들었기에 크게 두려움이 없이 진군을 할 수 있었다.

팅팅팅.

"으윽!"

"아악!"

일부 방패병들은 자신들이 들고 있는 방패의 사이로 날아오는 화살을 피하지 못해 맞기도 했지만 그 정도로 죽지는 않는다는 것을 알고 있었다.

"여기 화살에 부상을 당했다. 빨리 치료를 하면서 이동을 한다."

방패병들은 이번에 왕국에서 지급한 치료약이 있어 작은 부상 정도는 충분히 치료를 할 수가 있었다.

그리고 작전을 하고 있을 때 입는 부상은 이동을 하면

서 치료를 하게 하였기 때문에 방패병들의 사기는 하늘을 찔렀다.

부상자들이 치료를 하며 진군을 하자, 공성무기를 이끄는 병사들도 자신감을 가지게 되었다.

공성무기가 위치를 잡자 바로 명령이 떨어졌다.

"공성무기를 발사하라."

"발사하라."

원래 공성무기는 화살보다도 사거리가 길지만, 헤이론 왕국의 국경성의 높이가 높아 거리를 줄일 수밖에 없었다.

공성무기가 공격을 시작하자 화살을 쏘는 병사들도 기겁을 하게 되었다.

10.
국경성이 무너지다

적의 공성무기는 성벽을 공격하는 것이 아니라 성 위를 노리고 하는 것이라는 것을 알아서였다.

쉬이익.

꽝꽝꽝.

"으아악!"

"아악! 내 발이, 발이 깔렸어."

공격을 받은 국경성벽 위의 병사들은 무거운 돌덩이로 인해 죽거나 부상을 당했다.

성벽 위는 병사들의 피로 인해 바닥이 피범벅이 되었지만, 병사들은 그런 것에는 신경을 쓰지 못하고 있었다.

지속적으로 공격을 하는 공성무기로 인해 병사들의 피해가 점점 커지고 있어서였다.

"발리스타를 발사하라."

슈슈슈.

꽝꽝.

발리스타는 공성무기를 파괴하기 위해 만들어진 무기로, 국경성에도 배치가 되어 있었다.

발리스타의 공격에 방패병들은 자신들의 방패로는 막을 수 없다는 것을 알고 피하게 되었고, 공성무기 중에 일부분은 파괴가 되었다.

"사령관님, 적의 발리스타 때문에 공성무기가 많이 파괴되었습니다."

"그래도 공성무기로 계속 공격을 하라고 하게. 오늘은 공성무기로 놈들을 정신 차리지 못하게 해야 하네."

"알겠습니다. 더욱 공격을 높이라고 하겠습니다."

바이탈 왕국군은 공성무기가 파괴가 되어도 지치지 않고 계속 공격을 하였고, 그 피해는 서서히 커지고 있었다.

바이탈의 피해는 공성무기를 다루는 병사들만 있었지만, 국경성의 피해는 바이탈과는 비교가 되지 않게 많아

영웅전설

지고 있었다.

　피해가 가장 큰 이유는 적의 대량 공격이라, 국경성에 있는 체리 후작은 어쩔 수가 없었다.

　최대한 병사들에게 적의 공격에 피하라는 지시를 내리고는 있지만 그냥 피하고만 있을 수는 없는 일이었기에 피해는 점점 늘어나고 있었다.

　아침부터 공격을 시작한 바이탈 왕국군은 어둠이 지려고 하자 공격을 멈추었다.

　양측은 모두 전투를 멈추고, 바이탈 왕국군은 자신들의 진지를 구축하여 휴식을 취하고 있었다.

　전쟁 중에는 식사를 하기도 힘들다고 하지만, 바이탈군은 미리 준비를 하였는지 빵과 스프를 배식하고 있었다.

　"여기 조금 더 줘야 힘을 내지."

　"다른 사람들도 똑같이 먹는 양이니 쓸데없는 소리하지 말고 그만 돌아가."

　취사를 담당하는 병사는 이미 익숙한지 더 달라고 하는 병사에게 호통을 치고 있었다.

　이런 일은 흔한 일이라 다른 병사들은 신경도 쓰지 않고 식사를 하였다.

　병사들이 식사를 하고 있을 때, 지휘관들은 따로 회의

를 하고 있었다.

"내일은 총공격을 감행할 것이니 모두 그렇게 알고 준비를 해 두시오. 헤이론 왕국의 수도에서 징집병을 모병한다는 말이 있으니, 시간을 끌어서 좋을 것이 없으니 내일은 승부를 보도록 하겠소."

사령관인 헤비로 후작의 지시에 지휘관들의 눈빛이 달라졌다.

오늘의 전투는 병사들의 희생이 없는 전투였지만 내일은 치열한 전투가 예상되었기 때문이다.

"사령관님, 내일 전투에는 공국의 병력도 투입이 되는 것입니까?"

"그렇소. 내일은 공국의 전력도 투입이 되니 우리에게는 승산이 충분히 있다고 생각하오. 그러니 경계병을 제외한 병사들을 충분히 쉬게 하시오. 특히 야간에 기습을 가장 주의하도록 하시오. 전에도 기습으로 인해 아군의 피해가 심했다고 하였으니, 기습에 만전을 기하시오."

"알겠습니다, 사령관님."

지휘관들의 회의가 끝나자 모두 각자의 진영으로 돌아갔다.

전장의 밤은 고요하지만 긴장감이 흐르고 있었다.

국경성의 지휘부도 열띤 토론을 벌이고 있었다.

"오늘은 적의 공성무기에 의해 많은 피해를 입었습니다. 내일도 저렇게 공격을 하면 우리는 계속적인 피해로 인해 전투를 하기도 전에 성의 방어가 깨어질 것입니다."

"그러면 어떻게 하였으면 좋겠소?"

체리 후작은 지휘관들을 보며 좋은 의견을 말하라고 하고 있었다.

작금의 사태를 혼자 감당할 수 없었기 때문이었다.

"사령관님, 적의 공격이 한곳에만 집중되어 있는 것이 아닙니다. 사방을 모두 공격하고 있으니, 우리도 병력의 집중이 되지 않고 있습니다. 이렇게 하면 나중에 적의 공세에 한쪽이 무너질 수도 있습니다. 그에 대한 대비를 해야 합니다."

"좋은 의견이기는 하지만 지금 적의 공세가 한쪽으로 치우치지 않아 당장은 무리가 있으니, 지원군이 도착을 하면 생각해 보도록 합시다."

체리 후작의 말대로 지금 없는 병력을 가지고 예비 병력을 운영하기에는 무리가 있다는 것을 지휘관들도 모두 알고 있었다.

"내일은 오늘과는 다른 전투가 예상되니 더욱 철저히 준비를 해 주시오."

"병사들에게 주지를 시키겠습니다, 사령관님."

지휘관들은 내일 있을 전투 때문에 회의를 일찍 마치고 돌아갔다.

체리 후작은 오늘 전투에 대한 생각에 잠이 오지 않는지 생각에 잠겼다.

이제 전쟁은 시작되었고 반드시 방어를 해야 하는 입장인데, 지원군이 와야 방어도 가능하기에 머리가 아파 왔다.

"도대체 브레인 공왕 전하를 그렇게 대한 이유가 무엇이란 말인가?"

체리 후작은 국왕과 국왕파 귀족들이 브레인에게 지원을 하지 않는 이유를 아직도 이해를 하지 못하고 있었다.

왕국에 피해를 입힌 것도 아니고, 처음부터 지원을 해 주기로 하였던 부분인데 결국은 약속을 어긴 것은 헤이론 왕국이었기 때문에 아레아 공국에서 지원을 해 주지 않는다고 해서 불만을 가질 수는 없는 일이었다.

이쪽이 먼저 시비를 걸었는데 저쪽이 사과를 하라고 하면 누가 하겠는가 말이다.

답답한 기분만 드는 체리 후작은 마음을 달래고 있었다.

당장은 지원에 대한 것보다는 내일 있을 전투를 더 신경 써야 했다.

그렇게 밤의 시간은 지나가고 아침이 찾아왔다.

바이탈 왕국군은 아침부터 부지런히 식사를 하기 시작했다.

오늘 총공격을 한다는 말을 들었기에 조금은 일찍 서둘러 식사를 마치게 되었다.

국경성 위에서 바이탈 왕국군이 정비를 하는 모습을 보고는, 바로 적의 공격이 시작된다는 것을 알고는 준비를 하였다.

최소한 적의 공격에 대비를 하고 있어야 했기 때문이다.

그런데 어제와는 다르게 바이탈 왕국군이 배치되어 있는 모습에 체리 후작은 긴장하고 있었다.

"음, 오늘은 총공격을 하려고 하는 것인가?"

체리 후작은 차라리 잘되었다는 생각이 들었다.

어제와 같은 공격으로 계속적인 피해를 입는다면, 국경성에 남아 있는 병력은 공격도 해 보지 못하고 패배를 하게 될 것이기 때문이었다.

물론 적이 무한정으로 공성무기를 만들 수는 없으니, 어느 정도 시간이 지나면 공성무기가 아닌 공격을 하겠지만, 그래도 공성무기로 인한 피해는 없을 것이라는 생각이 들어서였다.

체리 후작은 급히 각 지휘관에게 연락을 하였다.

"적이 오늘은 총공세를 펼치려고 하니, 모두 이에 대비를 하라고 지시를 내리게."

"예, 사령관님."

국경성의 연락병은 사령관의 지시를 받고 바로 연락을 하기 위해 달려갔다.

바이탈 왕국군은 다시 공세를 취하기 위해 움직이기 시작했다.

"오늘은 방패병이 사다리를 보호하며 이동을 한다. 사다리를 걸치면 바로 기사단을 투입하여 공세를 높이도록 하라."

바이탈 왕국은 국경성을 점령하기 위해 기사단을 투입하려고 하였다.

기사란 이런 공성을 하기에는 아까운 고급 전력이었지만 과감하게 이를 무시하고 공격에 투입을 하기로 마음먹은 헤비로 후작이었다.

전쟁은 승리를 하면 되는 일이라, 헤비로 후작은 작은 희생 정도는 감안을 하려고 하였다.

그리고 가장 중요한 것은, 제국의 기사단이 선봉에 서기 때문에 바이탈 왕국의 기사단의 피해를 줄일 수 있다는 것이었다.

제국의 기사단의 단장은 익스퍼트 최상급의 기사로, 상당한 실력을 가진 기사였기에 믿을 수가 있었다.

왕국에서 그런 실력을 가진 기사가 있다면 최소한 백작의 작위는 받을 수 있겠지만, 제국에서는 그렇지 않는지 자작의 작위를 가지고 이번 전쟁에 지원되었다.

"공격하라."

헤비로 후작의 명령에 전장은 다시 광폭한 기운에 휩싸이기 시작했다.

바이탈 왕국군은 사령관의 명령에 지체 없이 공격을 시작했다.

방패병은 선봉에 서서 적의 화살 공격에 대비를 하며 사다리를 들고 있는 병사들을 보호하며 전진하고 있었다.

적의 사다리 공격이 시작되자, 국경성에서는 빠르게 공격 명령이 떨어졌다.

"화살을 쏴라."

"적들이 사다리를 걸치지 못하게 화살을 쏴라."

슈슈슈슉.

국경성에서 화살을 쏘기 시작하자 엄청난 화살이 날아왔지만, 방패병들은 차분하게 화살 공격을 막고 있었다.

"으윽!"

"크윽!"

방패병이 막고는 있지만 일부의 병사는 그래도 화살에 노출이 되었는지, 화살에 맞아 쓰러지는 병사도 있었다.

바이탈 왕국군은 이번에 사활을 걸었는지 총공격을 하였고, 국경성은 살기 위해 악착같이 방어를 하였다.

사다리가 걸쳐지자 즉각적으로 기사단이 투입이 되었고, 기사들은 빠르게 사다리를 타고 올라갔다.

병사들이 아무리 용맹하다고 해도 기사를 상대할 수는 없는 일이라 성벽 위에 있는 지휘관은 급히 고함을 쳤다.

"적의 기사단이다. 기사들이 올라오지 못하게 막아라."

챙챙챙.

"으아악!"

"크으윽!"

"기름을 부어라. 기사가 올라오지 못하게 바위를 던져라."

병사들은 준비된 바위와 기름을 던지기 시작했다.

"으아악!"

"아악! 뜨거워!"

기사가 아무리 강해도 뜨거운 기름을 부으니 당할 수밖에 없었다.

그래도 일부 기사들은 성벽 위에 오르는 것에 성공을 하였고, 성벽에 오른 기사는 주변에 있는 병사들을 향해 검을 휘둘러 죽여 나갔다.

"아악!"

"으아악!"

"케에엑!"

병사들은 기사의 검에 죽고 있었다.

한 기사가 성벽에 자리를 잡자, 그 뒤로는 빠르게 올라오는 기사들이었다.

"우리는 빠르게 성문이 있는 곳으로 간다."

기사들이 투입이 된 이유는 바로 성문을 열기 위해서였다.

성문이 열려야 헤비로 후작이 원하는 공세가 이어지기 때문이었다.

성문이 열리면 공국군도 합류를 하기로 하였기 때문에 헤비로 후작은 피해를 감수하고 기사들을 투입하였던 것이다.

기사들은 빠르게 성문이 있는 곳으로 이동을 하였고, 성문이 있는 곳에는 국경성을 지키는 기사들과 병사들이 그런 기사들을 막으려고 하였다.

"적이다. 적의 기사다. 모두 막아라."

"성문이 열리지 않게 죽어도 막아라."

기사들과 병사들은 적의 기사를 막기 위해 사력을 다했지만, 적의 기사가 더 많으니 감당이 되지 않았다.

챙챙챙.

"크아악!"

"막아라. 막지 못하면 우리는 어차피 죽는다."

기사는 병사들을 보며 발악에 가까운 고함을 치고 있었다.

바이탈 왕국의 기사는 그런 기사들을 보며 감탄을 하였지만, 지금은 감탄만 하고 있을 시간이 없었다.

"성문을 점령해라. 시간이 없다. 밖에서는 우리를 기다리고 있다."

기사들은 성문을 열기 위해 강하게 공격을 하였고, 병사들은 그런 기사들의 공격에 허무하게 죽어 나가고 있었다.

일부 기사들은 기사 대 기사로 대결을 하기 때문에 승부가 나지 않았지만, 나머지 기사들은 병사들을 상대하니 빠르게 정리를 할 수가 있었다.

병사들이 죽으니 기사들이 빠르게 성문을 열기 시작했다.

거대한 성문이 기사들로 인해 허무하게 열리기 시작했다.

그그궁.

성문이 열리자, 헤비로 후작은 바로 명령을 내렸다.

"공격하라. 성문이 열렸다. 총공격을 하라."

헤비로 후작의 공격 명령에 남아 있던 모든 병력들이 성문을 향해 달려갔다.

가장 먼저 기사단이 말을 타고 성문을 향해 달려갔다.

두두두.

기사들이 열려 있는 성문 안으로 들어가자 안에는 아직도 전투를 하고 있는 아군이 보였고, 기사들은 그런 아군을 돕기 위해 적을 공격하였다.

챙챙챙.

"크아악!"

"으아악!"

국경성의 한쪽이 이렇게 무너지게 되니 전쟁은 바이탈 왕국군의 승리로 이어지게 되었다.

체리 후작은 죽음을 각오하고 적의 공격을 막았지만 이제는 더 이상 버틸 수가 없었다.

"사령관님, 남쪽의 성문이 열렸다고 합니다. 여기서 개죽음을 당할 수는 없으니 일단 피하십시오."

"어디로 간다는 말인가? 이미 국경성의 모든 출입구는 봉쇄되어 있는데, 갈 데가 있는가?"

체리 후작의 말에 지휘관들은 비통한 심정이 되었다.

이대로 자신들이 무너지면 왕국은 가망이 없다는 것을 알고 있어서였다.

헤이론 왕국군이 거세게 반항을 하였지만, 바이탈 왕국군의 공세에 밀려 결국 항복을 하는 병사들이 늘어나고 있었다.

남쪽의 성벽은 이미 점령을 당해 이제는 헤이론 왕국군이 보이지 않았고, 다른 쪽도 시간이 지나면 충분히 점령을 할 수 있을 것으로 보였다.

헤비로 후작은 국경성이 무너지는 것을 보고는 아주 마

음에 드는지 흡족한 미소를 지었다.

자신이 사령관으로 있으면서 처음 하는 전투였고, 그 전투에서 승리를 하였으니 이는 가장 큰 공을 세우게 되었기 때문이다.

"사령관님, 승리를 축하드립니다."

"허허허. 아직 다른 곳은 정리가 되지 않았으니 조금 있다가 자축을 합시다."

"하하하. 사령관님, 이미 승부는 우리 왕국으로 기울었습니다. 다시 한 번 승리를 축하드립니다."

바이탈 왕국은 이틀 만에 국경성을 점령하였고, 이 소식은 바로 수도로 전해졌다.

〈『영웅전설』 6권에서 계속〉

1판 1쇄 찍음 2011년 7월 29일
1판 1쇄 펴냄 2011년 8월 4일

지은이 | 무 람
펴낸이 | 정 필
펴낸곳 | 도서출판 **뿔미디어**

기획총괄 | 이주현
기획 | 한성재
편집책임 | 이재권
편집 | 심재영, 문정흠, 조주영, 주종숙, 이진선
관리, 영업 | 김기환

출판등록 | 2002년 9월 11일 (제1081-1-132호)
주소 | 부천시 원미구 상3동 533-3 아트프라자 503호 (우)420-861
전화 | 032)651-6513 / 팩스 032)651-6094
E-mail | BBULMEDIA@paran.com
홈페이지 | www.bbulmedia.com

값 8,000원

ISBN 978-89-6639-108-0 04810
ISBN 978-89-6639-004-5 04810 (세트)

※파본은 구입하신 서점에서 교환하여 드립니다.

고수를 찾아서

한병철 지음

뿔미디어가 자신 있게 추천하는
모든 장르 독자들의 필독서!
직접 발로 뛰고 귀로 듣고 눈으로 본 『현대무림백서』!

누구나 고수를 꿈꾸지만
누구나 고수가 될 수는 없다!
이 시대 현존하는 수많은 무예가들에게 묻다!

진정 고수는 존재하는 것인가?

실존하는 무술고수와의 대담
현대를 살아가는 무림을 엿보다!

발매중!
정가 19,800원

보건복지부위탁 실종아동전문기관의
『Missing child』 iPhone용 무료 어플리케이션
홍보 캠페인에 도서출판 뿔 미디어가 함께합니다!

《주요 기능》

● 실종된 아동의 사진 및 실시간 발생되는
　 실종 아동 사진 검색 및 제보 기능
● 미취학 아동을 위한
　 실종 예방 인형극 영상 및
　 노래, 애니메이션
● 취학 아동을 위한 유괴 예방 영상

실종아동전문기관 홈페이지 (www.missingchild.or.kr)
또는 애플의 앱스토어에서 무료로 다운로드 받을 수 있습니다.
실종 · 유괴 없는 행복한 세상을 위해 여러분의 소중한 관심과
많은 참여를 바랍니다.

뿔
MEDIA

BBULMEDIA

http://www.bbulmedia.com

http://www.bbulmedia.com